你永远在我心中一个郁郁的角落

李乙隆 ◎ 著

中山大学出版社
·广州·

版权所有　翻印必究

图书在版编目（CIP）数据

你永远在我心中一个郁郁的角落/李乙隆著. —广州：中山大学出版社，2019.12
　　ISBN 978-7-306-06764-7

Ⅰ.①你…　Ⅱ.①李…　Ⅲ.①诗集—中国—当代　Ⅳ.①I227

中国版本图书馆 CIP 数据核字（2019）第 253471 号

ni yongyuan zai wo xinzhong yi ge yuyu de jiaoluo

出 版 人：王天琪	
策划编辑：曹丽云	
责任编辑：张　蕊	
封面设计：曾　斌	
责任校对：李先萍	
责任技编：何雅涛	
出版发行：中山大学出版社	
电　　话：编辑部 020-84111997，84110283，84110771	
发行部 020-84111998，84111981，84111160	
地　　址：广州市新港西路 135 号	
邮　　编：510275　　**传　　真**：020-84036565	
网　　址：http://www.zsup.com.cn　E-mail：zdcbs@mail.sysu.edu.cn	
印 刷 者：广州一龙印刷有限公司	
规　　格：787mm×1092mm　1/32　9 印张　250 千字	
版次印次：2019 年 12 月第 1 版　2019 年 12 月第 1 次印刷	
定　　价：29.80 元	

如发现本书因印装质量影响阅读，请与出版社发行部联系调换

目 录

第一部分　短信时代的 365 封情书（精选）/ 001
　　前　言 / 002
　　　1　你走过我的梦 / 003
　　　2　我在车上 / 004
　　　3　你那里雾好大 / 004
　　　4　昨晚的蛋糕 / 005
　　　5　他的变幻让我诧异 / 006
　　　6　真想做你的衣架 / 007
　　　7　你的韵味无法模仿 / 008
　　　8　也许 / 010
　　　9　如果 / 011
　　　10　如果我是一根蜡烛 / 013
　　　11　如果你是一盏灯 / 013
　　　12　有一个常客 / 014
　　　13　当…… / 015
　　　14　小巷弯弯 / 016
　　　15　奢侈的想念 / 017
　　　16　纸船 / 018
　　　17　你的回眸 / 018
　　　18　醒着 / 019
　　　19　画外音 / 020
　　　20　所谓痴情 / 021
　　　21　我很富有 / 022

22 闪电 / 023
23 真实的荒原 / 023
24 期待重逢 / 024
25 你是我的宿命 / 025
26 野马找到了骑手 / 026
27 你究竟是谁 / 027
28 梦·意象 / 028
29 称呼 / 029
30 我听到一只鸟 / 031
31 喝酒的时候想你 / 032
32 你的名字 / 033
33 无处可逃 / 033
34 请求 / 034
35 花肥 / 035
36 你与现实拔河 / 035
37 你的抽屉 / 037
38 你在垂钓 / 037
39 你是缪斯 / 038
40 一隅 / 039
41 我的名字叫葵 / 040
42 爱情是一种信仰 / 041
43 其实你什么也不用说 / 042
44 奇迹 / 043
45 也许我将与寂寞一同死去 / 044
46 情感结束流浪 / 046
47 处女地·云 / 046
48 诗眼 / 047
49 美丽的土地 / 048

目 录

50　鞋跟 / 049
51　中秋夜 / 050
52　一只蝴蝶 / 051
53　晨曦中的芬芳 / 051
54　你的手机号码 / 052
55　遗忘 / 054
56　我们没有爱情 / 055
57　世上的你只有一个 / 056
58　我在黑夜中找到诗意 / 057
59　我们之间的河流 / 058
60　莲舟 / 058
61　　只蚕 / 059
62　灵魂市场 / 060
63　彩霞的地毯 / 061
64　秋深了 / 062
65　温情和激情 / 064
66　洗手 / 065
67　偶遇 / 066
68　你是一道闪电 / 067
69　你的声音 / 067
70　你是一封迷人的信 / 068
71　走在思念中 / 069
72　时间 / 070
73　无法实现的体验 / 071
74　爱之禅 / 072
75　洞外 / 075
76　只隔着一个锅底 / 075
77　你在禅中 / 077

78 忆江南·不想你 / 079
79 如梦令·质朴 / 080
80 诉衷情·悠悠 / 081
81 虞美人·更深梦醒 / 081
82 鹊桥仙·无眠夜午 / 082
83 郊游 / 083
84 西江月·旷野凄风 / 083
85 江城子·此生飘荡 / 084
86 少年游·相思深 / 085
87 眼儿媚·填尽词牌 / 085
88 昭君怨·东风几度 / 086
89 六州歌头·寒门夜半 / 087
90 西江月·一盹 / 088
91 菩萨蛮·怜白发 / 089
92 丑奴儿·魂梦销 / 090
93 阮郎归·休言淡泊 / 090
94 沙鸥 / 091
95 雨霖铃·昨宵悲叹 / 091
96 西江月·一日 / 092
97 采花 / 093
98 化风 / 093
99 囚 / 094
100 渔家傲·蛟龙仙女 / 094
101 酒 / 095
102 无眠 / 096
103 浣溪沙·心事满怀 / 096
104 雨后晓思 / 097
105 暴雨前夕 / 097

106 女冠子·欲雨未雨／098
107 鹊桥仙·依前约／098
108 夜游宫·夕照沙滩／099
109 鹊桥仙·徘徊幽径／100
110 生查子·杨梅／100
111 瞻仰文天祥石像感怀赠友／101
112 采茶曲／102
113 浣溪沙·望断天边／102
114 沉沉夜色／103
115 心病／103
116 信步寻诗／104
117 美景不常／104
118 诗中画／105
119 红豆树／105
120 惆怅／106
121 谒金门·半杯茶／106
122 良辰虚度／107
123 东山选景／107
124 饶平游／108
125 凭栏口占／108
126 耿耿此心／109
127 沁园春·客少门寒／110
128 何时／111

第二部分　边走边唱／113

前言／114

1　老板／115
2　打工兄弟／116

3　你在灯火阑珊处 / 117
4　姐　你在家乡还好吗 / 118
5　人在江湖 / 120
6　这一次我是真心的 / 121
7　我能看见你流泪 / 122
8　你曾经是我的朋友 / 125
9　我只想听听你的声音 / 125
10　有你的目光在我背后 / 127
11　生活总得有所期待 / 128
12　这些年你过得不容易 / 129
13　曾经与你朝夕相处 / 131
14　邻家女孩 / 132
15　你是我眼里唯一的风景 / 134
16　荆棘鸟 / 135
17　打工的妹妹 / 136
18　男人也有脆弱时候 / 138
19　原来你是真的爱我 / 139
20　你要爱我就爱吧 / 140
21　你依然是我没完没了的牵挂 / 141
22　其实我是真的好爱你 / 142
23　南山月 / 143
24　拟物 / 144
25　我愿我的短信 / 145
26　天净沙 / 146
27　剪趾甲 / 147
28　选择憔悴 / 148
29　游戏 / 149
30　共同的秘密 / 150

31　超越轮回／151
　　32　爱不能舍不能／151
　　33　古道西风瘦马／152

第三部分　打开尘封的日记／155

前言／156
第一辑　打开尘封的日记／157

　　1　倾诉／157
　　2　点燃流星／158
　　3　早恋／158
　　4　欲诉还休／159
　　5　不要恨我好吗／159
　　6　似曾相识／160
　　7　又是夜思／161
　　8　你从来不说什么／161
　　9　朋友　你好吗／162
　　10　回忆／163
　　11　问／163
　　12　缘分／164
　　13　守望无奈／165
　　14　不知道／165
　　15　深情已是曾经／166
　　16　记仇／166
　　17　不去求证／167
　　18　只因有了爱情／168
　　19　何日重逢／168
　　20　距离／169
　　21　寄／170

22 此刻 / 170
23 当你不来 / 171
24 离别总是走向无奈 / 172
25 忌讳 / 172
26 背影 / 173
27 枯井 / 174
28 判断 / 174
29 不要以为 / 175
30 青春的轨迹 / 175
31 不是雨季 / 176
32 总怕自己在午夜醒来 / 176
33 我怎么会怨你呢 / 177
34 独坐黄昏 / 178
35 别来无恙 / 178
36 如果我不再爱你 / 179
37 你是我的一种心情 / 180
38 回首 / 180
39 等待 / 181
40 我懂得了 / 182
41 凝眸是你 / 182
42 痴心难醒 / 183
43 梦醒时分 / 184
44 不要对我期望太多 / 184
45 不是你最好 / 185
46 有一个名字 / 185
47 送行 / 186
48 最后一次送你 / 187
49 陪你走一程 / 187

50 最后的怀念 / 188

51 不是不爱 / 188

52 缘 / 189

53 纯情 / 189

54 不说曾经 / 190

55 旗帜 / 191

56 你一定会来 / 191

57 冬夜的怀想 / 192

58 似有若无的足音 / 193

59 邂逅 / 193

60 小巷 / 194

61 我只希求 / 194

62 恋 / 195

63 难道说这就是爱 / 195

64 感觉李商隐 / 196

65 蝴蝶 / 198

66 可能一生默默无闻 / 199

67 生命本色 / 200

68 走出雨季 / 200

69 故乡的榕树 / 201

70 窗前的蜜蜂 / 203

71 我是撕破黑暗的火把 / 204

第二辑 小品人生 / 206

1 苍凉之美 / 206

2 选择 / 207

3 美的另一面 / 207

4 说"敬" / 208

5 哲学家的妻子 / 209

6 宽容 / 209
7 语言和目光 / 210
8 爱和喜欢 / 210
9 谦逊 / 211
10 淡忘 / 212
11 人不知而不愠 / 213
12 四舍五入 / 213
13 距离 / 214
14 演好配角 / 215
15 放弃 / 216
16 幸福 / 217
17 随和 / 218
18 梦非梦 / 218
19 行路难 / 219
20 机遇 / 220
21 不回首 / 221
22 成熟 / 222
23 年轻 / 223
24 沧桑 / 224
25 瞬间 / 225
26 好人 / 226
27 位置 / 227
28 缺点 / 227
29 享受平静 / 228
30 随意和刻意 / 229
31 无须炫耀 / 230
32 忍耐 / 231
33 蝉 / 232

34　石狮子 / 234

　　35　读书四喻 / 235

　　36　自信 / 237

　　37　顺其自然 / 238

　　38　习惯 / 239

第三辑　短笛轻吹 / 241

　　1　飘扬 / 241

　　2　寻找家园 / 242

　　3　雨景 / 242

　　4　山水之间 / 243

　　5　邂逅一种心情 / 244

　　6　沉默的你 / 245

　　7　雨中情 / 246

　　8　小雨中 / 247

　　9　昨夜微霜 / 247

　　10　不再同行 / 248

　　11　到远山去 / 249

　　12　我相信　我不相信 / 250

　　13　走向远方 / 253

　　14　情归何处 / 255

　　15　你永远在我心中一个郁郁的角落 / 257

附录 / 261

　附录一　昔年旧体诗词习作 / 262

　　1　调寄《声声慢》/ 262

　　2　调寄《沁园春》/ 263

　　3　赠陈生 / 264

　　4　2000 年春 / 264

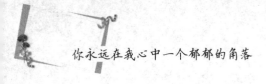

  5 2000 年夏 / 265
  6 2000 年冬 / 265
 附录二 传统节日诗 / 266
  清明 / 266
  端午 / 266
  七夕 / 266
  中秋 / 267
  重阳 / 267
 附录三 牙痛的情诗 / 268

第一部分

短信时代的365封情书（精选）

你永远在我心中一个郁郁的角落

前　言

从 2005 年 1 月 14 日至 2006 年 1 月 13 日

共 365 天

每天一首

坚持不懈

为"你"填尽天下词牌

既是写诗作词

更是行为艺术

美其名为

"短信时代的 365 封情书"

在天涯社区连载

风靡一时

无论是论坛博客

还是 QQ 空间

随便转转

就能遇见这些纯情唯美的文字

如果说复制粘贴是网络时代的传抄

那么这部书

可能是网络时代最热的"传抄本"

第一部分 短信时代的365封情书（精选）

你走过我的梦

昨晚
你走进白天
走在沙滩
把一串优美的足印
留在我梦里
像一排玲珑的酒杯

在梦中我又做了一个梦
我梦见每一个玲珑的酒杯里
都长出一株高粱似的植物
每一株植物顶端
都叶出一朵我从没见过的花朵
艳丽无比
灿若朝霞
花下匍匐着幸福

（2005年1月）

你永远在我心中一个郁郁的角落

2 我 在 车 上

我在车上
车在我的旅途中
我的旅途在寂寞中
寂寞在我的思念中
我的思念在梦中
梦在半睡半醒中
半睡半醒在颠簸中
颠簸在坎坷中
坎坷在我的人生中

(2005 年 3 月)

3 你那里雾好大

你说你那里雾好大
雾中的楼宇仿佛天上宫阙
你走在雾中
脚步也轻盈起来
我说你本来就是仙女
大雾唤醒你腾云驾雾的记忆
你不是善良的七仙女

就是纯朴的织女
即使你是悔偷灵药的嫦娥
我也愿做你身边的吴刚
大家只知道他受到惩罚
伐桂永无停歇
只有我知道他
挥斧守卫着你
心中的幸福

(2005年3月)

 昨晚的蛋糕

昨晚
睡眠这一个蛋糕
被你切成几小块
蛋糕太松
回忆太慢
散落了许多
那几块
也徒有其形
稍一动就碎

(2005年3月)

你永远在我心中一个郁郁的角落

5 他的变幻让我诧异

有一个人
一个奇怪的人
他的感觉我很陌生
他的样子我很熟悉

他的变幻让我诧异
有时是一匹马
仿佛一个陷阱
有时是一张椅

下雨了
一把伞
起风了
一件大衣

他追随着你
天涯海角
寸步不离
为你披荆斩棘

邪恶作祟
他变得无惧
虎狼当前

第一部分 短信时代的365封情书（精选）

他变得有力
他的每一个毛孔
都散发出阳刚之气

但是
他只活在梦里

（2005年3月）

6　真想做你的衣架

含蓄的张扬
淡淡的笑意
点缀着精心的随意
秀发和你的神韵
一同诠释着飘逸
服装设计师的灵气
在你身上
体现无遗
起落间
谲丽纷披
真想做你的衣架
在你天然的芬芳中
分享时尚的美丽

（2005年4月）

你的韵味无法模仿

（一）

英姿
飒爽于
白天与黑夜的分界线上
美丽
囊括了所有的细节
随意挥洒的韵味
在一举手一投足间
在一颦一笑间
捕获了多少目光
时尚是美
你是时尚
古典是美
你是古典

（二）

卸去面具
把一天的疲惫
丢进洗衣机
让每一个毛孔
与自然窃窃私语

第一部分 短信时代的365封情书（精选）

酣畅淋漓
个性乍然开放
些许落寞
竟也无比旖旎
不经意间
跌进某一种思绪
一个人的时候
更要善待自己
遐思
是你最好的伴侣

（三）

成熟的妩媚
抹去了多少岁月沧桑
如梦似幻
目光如烟
今夜
谁是你的舞伴
走进
幸福
粉红色的光环

（四）

你
看不透的风景
闪烁着
经典的光芒
在我关于未来的记忆中

你永远在我心中一个郁郁的角落

魅舞轻扬
我不一定读得懂你
但我听得懂你
无声的语言
红色背后的宁静
黑色背后的挣扎
浮华背后的沉寂
简洁背后的深远
一切的热烈终将平和
一切的感情终将沉淀
惆怅满怀终将风轻云淡
然而只要有风
心灵便有了飞的理由
你不是时尚
你被时尚追赶
也许一切都可以复制
只有韵味无法模仿

(2005年4月)

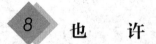

8　也　　许

也许
我只能在你的心外面
流浪
流浪

第一部分　短信时代的365封情书（精选）

偶尔走了进去
也只是过客

也许
我只是你眼角的
一滴泪
滑过你美丽的脸庞
摔在地上
很快蒸发
留不下半点痕迹

也许
我一直在躲避自己
可是到了梦里
我便身不由己
因为在里面
你是主宰一切的女王

（2005年6月）

9　如　果

如果我们活在宋词里
我日日思君不见君
只与你共饮长江水
那么

你永远在我心中一个郁郁的角落

请调换一下位置吧
君住长江头
我住长江尾
我碗里的水
曾吻过你的足

如果来生
我们仍将天各一方
那么
请让我做一朵草花吧
开在你必经之路上
被你踩到
把芬芳留在你的脚上

如果有那么一天
我能紧紧地抱着你
那么
请让我在你怀里死去吧
因为这样
我就再也不会离开你了

(2005年6月)

第一部分 短信时代的365封情书(精选)

 如果我是一根蜡烛

现在我不会在你身边燃烧
你的人生正阳光灿烂
我何必白白把自己烧光

当你陷入黑暗的时候
我会为你蜡炬成灰泪始干

尽管我多么渴望
在你的人生中闪亮
但是我还是祝愿
你的天空永远丽日蓝天

(2005年6月)

 如果你是一盏灯

我也曾想过做一只飞蛾
但是我想到
我扑进你怀里成了灰
就再也不能爱你了
而且还可能将你扑灭

你永远在我心中一个郁郁的角落

还是让我做一个灯罩吧
守护着你
寸步不离

（2005 年 6 月）

12 有一个常客

有一个常客总是不期而至
而且来得十分频繁
有时一天会来好几次
不管我工作多忙

我从不会因为她的到来
感到一点点烦
面对着她
我也总是无法平淡

她一来
温馨弥漫
在我思想的每寸空间
温馨散尽
便有一丝苦涩
在我心头蔓延

第一部分　短信时代的365封情书（精选）

她是谁
我不说你也知道
她的名字叫思念

（2005年6月）

当小偷多起来时
我们每天会比小偷更紧张
当抄袭者多起来时
原创会被误认为抄袭
当坏人超过一定的比例
好人会活得很累
当"极少数"腐败分子
层出不穷
不腐败的人
在内部会被孤立
在外面会遭怀疑
当爱你的人越来越多
你会发现我并不优异
当爱我的人不断出现
我会发现你实在太美丽

（2005年6月）

你永远在我心中一个郁郁的角落

14 小巷弯弯

多少代人的足印
在上面重重叠叠
五百年的沧桑
把石板磨得光光亮亮
爬满青藤的石墙里面
应该有一架秋千
在空空的院落中
幽幽地荡

你那古朴的故乡
应该也有这样的小巷
这样写满岁月的庭院
我仿佛看到
你正坐在秋千上面
飘逸如仙

而我的手上
什么时候
多了一把油纸伞

回望里
小巷还是那条小巷
而我已孤独地走过

第一部分 短信时代的365封情书(精选)

岁月长长
小巷弯弯

(2005年6月)

15 奢侈的想念

还在看绿叶上的露珠
在晨曦中闪烁
忽然就走进了
午后的阳光
近来我常常被憧憬
追得好紧
在飞逝的时光中
想你
是一件多么奢侈的事
然而我无法放弃
这唯一的奢侈
在梦中一想你
就是一个夜晚
在醒时一想你
就是大半天

(2005年7月)

16　纸　　船

为你而写的诗笺
被谁折成一只只纸船
放在泪水中远航
今晚
它们可曾
泊进你梦的港湾

（2005 年 7 月）

17　你 的 回 眸

（一）

也许我漫长的一生
只是你
一滴泪滑落的过程
也许我人生最后的回眸
只是你的一个回眸

（二）

今天
我要说说我的诗集
封面是你的背影
封底是你的回眸
不知是造化弄人
还是工人疏忽
封面与封底
与我的想法颠倒了
他们使我很伤心

（2005 年 7 月）

18　醒　　着

月亮睡了星星醒着
群山睡了小河醒着
田园睡了唱歌的虫儿醒着
竹林睡了风儿醒着
家乡睡了路灯醒着
你睡了我醒着
我睡了梦醒着

（2005 年 7 月）

你永远在我心中一个郁郁的角落

19 画外音

是谁
把我记忆的频道
锁定
心灵的屏幕
只有你迷人的背影
模糊
清晰
清晰
模糊
渐行
渐远
渐远
渐行
却怎么也走不出画面
我的诗
都成了画外音

(2005年7月)

所谓痴情

在人口众多的地球上
我遇上了爱
任无数日子
随着春花秋叶飘零
爱的形象从未更改
一天一首情诗
写掉了多少日历
让多少人和你一样
为我的痴情和专一
感动满怀
今天我必须向你坦白
我多少次尝试
在周围的人中
找出一份美丽
把遥远的你覆盖
我的所谓痴情和专一
是因为我的尝试
总是失败

(2005年7月)

你永远在我心中一个郁郁的角落

 我 很 富 有

我不想假装清贫
考验芳心
我很富有
我透支了健康
也丢失了年轻
我存款很少
没有靓车豪宅
我不出名
才干平平
我很富有
我与你在同一时代
拥有与你一样的生命
我很富有
我灵魂在握
还有爱情

(2005 年 7 月)

第一部分 短信时代的365封情书(精选)

22 闪 电

在我记忆的天幕
你的眼波
是一道闪电
怦然心动的雷声
撒下诗的雨点

(2005年7月)

23 真实的荒原

真实的世界
一个无垠的荒原
我携着你走着

从来的地方来
到去的地方去
我们走着
走着

一块光滑的石头
在无垠的荒原上

你永远在我心中一个郁郁的角落

孤独地发亮
坐在石头上的你
坐在光环中

双腿歇在我的肩头
疲惫的腿关节
在我有力的手指下面
发着脆响

快感轰然而至
把我们吵醒
一起跌进虚幻的时间

（2005 年 7 月）

24 期 待 重 逢

我是这般爱你
爱得那样绝望
因为爱所以割舍
因为爱所以总是放不下
我不愿你陪我历尽沧桑

我不是你唯一的欣喜
却是你唯一的忧伤

第一部分 短信时代的365封情书(精选)

也许我不会专程去看你
但我期待着重逢
像初识那样偶然
时而浓烈
时而隐忍
希望在不经意的时刻
邂逅一种不寻常的心情
仿佛冥冥之中的必然
仿佛隔世尘缘

重逢时节鬓如霜
我是否能够
透过你晶莹的泪光
看到我旧时模样

(2005年7月)

 你是我的宿命

自从你的目光把我点燃
我便一直燃烧至今

燃烧是一种痛苦
不燃烧会更痛苦

爱上你是错误的

你永远在我心中一个郁郁的角落

不爱你是更大的错误

你是我无法逃脱的宿命

(2005 年 7 月)

26 野马找到了骑手

阿谀权贵的掌声
粉饰太平的颂歌
淹没诗人良知的呼喊
我只能
把文字锤炼成匕首
一次次掷向罪恶
总有人提醒我
小心
小心

淡漠的表情后面
是深深的痛
无所适从的灵魂
如狂放不羁的野马
总有人对我说
保重
保重

第一部分　短信时代的365封情书（精选）

那一天我遇到了你
野马找到了骑手
是幸
还是不幸

只有你能驯服我的灵魂
只有爱能拯救世界

野马已经找到骑手
拯救世界的爱呢

（2005年8月）

 27　你究竟是谁

你说在我的文字中
不知你是谁了
你说你只是一个普通女子
你说得没错
我有时也惘然
你究竟是谁

你是某一个
路过我生命的美丽女子
你是许多个
路过我生命的美丽女子

你永远在我心中一个郁郁的角落

许多女子是你
你是唯一走进我灵魂的女子

你一半是梦一半是你
你是具体和抽象的结合体
你是象征
你是女神
你是诗

是我把真实幻化了
还是我在光环中
加进了你
我只知道
我需要你
就像精神需要家园
心灵需要寄托
人们需要信仰

(2005年8月)

28 梦·意象

请不要讥笑我
这些分行排列的文字
总重复着一个
用滥了的所谓意象

第一部分 短信时代的365封情书（精选）

梦

它永远古老
它永远新鲜

说它是意象
是你的呓语
它是我真实的人生

我在梦中想你
在想你时写诗
我在清醒着爱
我爱得很清醒

掐痛自己是为了分辨
自己是醒是梦

爱
一次次把我掐痛

（2005年8月）

29　称　呼

我从没教过你什么
你总称呼我老师

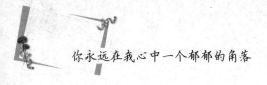

你永远在我心中一个郁郁的角落

老师是我从事多年的职业
被称为老师是一种习惯

我喊着你的芳名
心中无比温馨
我称呼您女神
崇拜油然而生
我称呼您女王
是因为
您是我灵魂的主宰

其实我还应该称呼您
老师
是您使我懂得爱情
是您教我学会思念
是您给我命题
让我写诗
是您为我现身说法
什么是真正的女人
什么是美

(2005年8月)

第一部分　短信时代的365封情书（精选）

30　我听到一只鸟

我听到一只鸟
在一个笼子里唱歌
我不知它的歌
表达的是欢乐
还是忧伤

我静静地听着它的歌
跌进了一种思想
人以笼囚鸟
鸟声婉转堪把玩
你以情囚我
我的诗你是否喜欢

鸟不是人
不知人是否欢乐
人不是鸟
不知鸟是否忧伤
人只顾聆听
鸟只顾歌唱

我不是你
不知你此刻心情怎样
你不是我

你永远在我心中一个郁郁的角落
却操纵着我的悲欢

(2005年8月)

31 喝酒的时候想你

喝酒的时候想你
呷着你的一点点辣
酒不醉人人自醉

喝可乐的时候想你
才下喉头就上心头
是甜滋滋的感觉

喝酸奶的时候想你
那别具风情的一点酸
最堪回味

喝茶的时候想你
就像喝了一杯冰凉的水

想你的时候
我不忍一个人喝咖啡

(2005年8月)

第一部分 短信时代的365封情书(精选)

 你 的 名 字

我不能描摹出的
一种完美
你的名字
经常徘徊在我唇边
却从没有说出口的声音
你的名字
让我迷狂的咒语
你的名字
写在每一页凋零的日子
折成纸鸽
你的名字
盖在我生命上表明所有权
你的名字

(2005年8月)

 无 处 可 逃

失眠的夜晚
一页页写满文字的纸
读来读去都是你

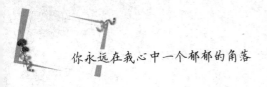

你永远在我心中一个郁郁的角落

做梦的夜晚
一页页画满肖像的纸
翻来翻去都是你

扇着翅膀
向我飞来的纸鸽
一只只都是你

白天航行于人海
风雨飘摇
夜是不平静的港湾
我已经无处可逃

(2005 年 8 月)

34　请　　求

当你青春的花蕾
在我长久的膜拜中
乍然开放
请让我的味觉
游进你生命深处的芬芳

在我的刀锋
开始生锈的前一夜

第一部分　短信时代的365封情书（精选）

请用你的纤纤素手
怜惜我最后的锋芒

（2005年8月）

35　花　　肥

我还来不及把你点燃
就把自己焚毁
请用我留下的灰烬
作你青春的花肥

（2005年8月）

36　你与现实拔河

你与现实拔河
一端是温香软玉娇无力
一端是纷繁尘世
多少人耗尽一生
才得以摆脱的尘世
力大无比

在你与现实之间

你永远在我心中一个郁郁的角落

我摇摆着
现实似乎用尽所有力气
而你却毫不在意
似是而非的一个眼神
似有若无的一声叹息
便足以让现实气喘吁吁

我在你与现实之间
忽左忽右
当我走向现实时
在悲哀与迷惘以及憧憬中
我看到心中的正义
还有勇气
当我走向你时
难以言说的温柔
荡漾着奇妙的痛感和快意
不知是走向天堂
还是走向地狱

你在左
现实在右
我在哪里

(2005年8月)

37 你的抽屉

这世界上最芬芳的监狱
你的抽屉
一位女子许多琐碎的秘密
还有美丽
我幸福的圣地
你的抽屉
请让我自投牢笼
在里面
找到自己的墓地
你的日记
用你娟秀的字迹
埋葬自己

（2005年8月）

38 你在垂钓

坐在岁月的岸边
你悠然垂钓
独钓一池秋水

你永远在我心中一个郁郁的角落

我一次次被钓起
又一次次被扔回水里

如果你能在
我一次次的伤痛中
钓起一次次的欢乐
我乐此不疲

(2005 年 8 月)

39 你 是 缪 斯

在肮脏的俗世
你是一个普通的女子
你是缪斯女神
在我灵魂的国度

你轻盈地走在我的心弦上
圣乐洗涤着你的赤足
我唯一的嗅觉
你足印的芳馥

五颜六色的诱惑
在我寒冷的目光中凋谢
你窈窕的身影
把我的视线完全遮住

第一部分 短信时代的365封情书(精选)

缪斯女神的战俘
已把自由统统交出
许多人看到我的痛苦
没有人看到我的幸福

如果没有与你相遇
我会有更多的道路
但是现在我只是一个
被判了无期的囚徒

而我却心甘情愿
在炼狱中心满意足

(2005年8月)

 一 隅

望着浩茫夜空
我看到一个人
在宇宙的一隅
在地球的一隅
在城市的一隅
静静想你
为你写诗
以宗教般的情感

你永远在我心中一个郁郁的角落

祝你晚安
请你珍重
而这一切你并不知道
就像我不知道
此刻你在干什么
我只知道你
在宇宙的一隅
在地球的一隅
在城市的一隅

(2005年8月)

41　我的名字叫葵

我是一株植物
因为你是一颗
雌性的太阳
我的名字叫葵
复姓向日

你从东走到西
路过了我
我扭动一下脖子
用了整整一天

你一定感觉到

第一部分 短信时代的365封情书（精选）

我的仰视
并且因此羞红了脸
继而逐渐感到温暖
尽管你一言不发

我们在仰视与被仰视中
找到各自的意义

（2005年8月）

 爱情是一种信仰

早已明白烦恼皆因执着
大限一到万事空
许多事情不必太认真
洒脱才能活得轻松
辛辛苦苦走过多少岁月
剩下的日子
该好好享受人生

可是呵可是
把许多事放下了
心里也变得很空
空虚虚无无聊
失去了方向如落叶随风
心灵的天空一片迷蒙

你永远在我心中一个郁郁的角落

在这个物欲横流世风日下
道德沦丧信仰迷失的年代
我需要一个地方来安放灵魂
我需要一种力量来支撑精神

就在这时候我邂逅了你
我的救赎者呵我的女神
你使我明白
爱情是一种信仰
你是我的教宗

（2005年8月）

43 其实你什么也不用说

其实佛什么也没说
佛只需伸出一个指头
或者两个指头
或者拈一朵花就够了

其实你什么也不用说
你只需看我一眼
或者看我两眼
或者拈一朵微笑就够了

什么都不是什么都是

最简单的最丰富

因为我是你虔诚的信徒呵

好久没有收到你的短信了

（2005 年 8 月）

44 奇　迹

死神无处不在
我们看不见他
他看着我们
我们活着
真是一个奇迹
我们一直活到现在
而且同时活着
真是一个奇迹
人海茫茫
我们的目光穿透多少身影
相逢
真是一个奇迹
我们被彼此的目光点燃
真是一个奇迹
我们该好好相爱

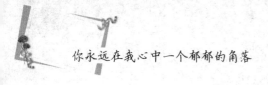

你永远在我心中一个郁郁的角落

我们活在奇迹中
只有我们的相爱
不是奇迹

(2005年8月)

45 也许我将与寂寞一同死去

也许有一天
我会在一个人的旅途
或者荒野
或者一个房子里的一张床上
与寂寞一同死去
来不及说出最后的祝愿
也许会有人
把我装进一个盒子里
或者为我
修一丘小小的坟冢
我将变成一个编号
或者一片木牌
或者一块小小的碑
我的歌声和我的岁月
一起凋谢
很快化为泥土
不留痕迹
没有人记得我

第一部分 短信时代的365封情书（精选）

曾经无比亲切
无比真诚的笑容
而亲爱的你呵
我魂牵梦萦的女子
美丽过我的生命
在冬夜给过我温暖的女子
在千里之外
对此一无所知
我将在你
逐渐老去的记忆中
彻底死去
没有一个人谈起我
没有一个人想起我
仿佛我从未在这个世界上
活过
爱过
尽管我曾经那么
投入地活过
并且爱得那么
刻骨铭心

（2005年8月）

你永远在我心中一个郁郁的角落

46 情感结束流浪

当现实的泥淖吞没理想
当憧憬在世俗的墙壁上
支离破碎
当明天蒙上迷雾
在路的末端
走进你的牢笼
情感结束流浪
磨难刚刚开始
在酷刑中升华起
巨大的快乐

(2005年8月)

47 处女地·云

心灵的犁铧
翻开你情感的处女地
撒下红豆
生长起繁茂的相思

一朵飘逸的云

第一部分　短信时代的365封情书（精选）

被你的潋滟波光所吸引
思念成了不能承受之重
一头扎了下来
在你的怀里消失

（2005 年 9 月）

48　诗　　眼

爱你
是一个人的事情
想你
是很幸福的事情
失眠
是很痛苦的事情

夜静更深
我在梦外
用手机
给梦里的你
发一首短诗

诗眼
竟是发短信的时间
某年某月某日
某时某分某秒

（2005 年 9 月）

美丽的土地

两座山峰
夹住
我的头颅
蛇
从我的口腔
爬出

思维的翅膀
卡在
两棵树之间
嗅觉
被花香埋葬

你美丽的土地
我的家园

（2005 年 9 月）

第一部分 短信时代的365封情书(精选)

 鞋　　跟

亭亭玉立的鞋跟
如莲花之茎
撑起你婀娜身姿

敲打地板的声音
有铜的味道
叩着我的目光
从心上走过

也曾以为雁过无痕
就像诗人说的那样
天空没有翅膀的痕迹
而鸟已经飞过

然而楔进我心的缝隙
密密实实
鞋跟如榫
打进预留的位置

就这样留着吧
如果拔出来
会痛
会流血

(2005年9月)

你永远在我心中一个郁郁的角落

51 中 秋 夜

地球拉上了窗帘
深黑且厚
漏不进一滴月光

风在下午被雨打湿了
此刻还有点黏

地球上辉煌的灯火
能否把我徘徊的影子
映在窗帘上
让你看见

呵　我的嫦娥
我的女神
在这烟花缤纷的中秋夜
你是否和我一样
在灯火阑珊处
与寂寞为伴

(2005年9月)

52 一只蝴蝶

你扇着美丽的翅膀
飞舞在我的身旁
想悄悄上前捉住你
又怕把你弄伤
任你自由自在地飞翔
又总担心
有一天
你将飞往他方

(2005 年 9 月)

53 晨曦中的芬芳

你是一棵婀娜的树
爱是树上鲜艳的花

你是一朵鲜艳的花
爱是芬芳的花蕊

你是芬芳的花蕊

你永远在我心中一个郁郁的角落

爱是花蕊中的露珠

你是花蕊中的露珠
爱是露珠中的晨曦

你是露珠中的晨曦
爱是晨曦中的芬芳

(2005 年 9 月)

54 你的手机号码

这一组数字
是一缕牵挂
这一端是我
那一端是你

这一组数字
是一串密码
我试图用它
打开你的心

有时候被思念
追逼得无处藏身
折磨得形销骨立

便想戒掉爱情
就像某些人戒毒
我以为阵痛过后
会变得轻松

戒掉爱情
得丢掉你的手机号码
就像戒毒
要远离毒品

记在纸上
你的手机号码
被撕掉了
输在手机里
你的手机号码
被删除了

发一条短信问候朋友
不经意间按错了号码

按错的这个号码
怎么这么熟悉
亲切而温馨

刻意忘记的总记得最深
你的手机号码

我已烂熟在心

(2005年9月)

55 遗 忘

也许有一天
我将会忘记
花的模样
但我会记得
你的芬芳

也许有一天
你会喊不出
我的姓名
我只希望你
能从我的眼中
看到真情

(2005年9月)

第一部分　短信时代的365封情书（精选）

我们没有爱情

今天
我忽然发现
我们之间
没有爱情

不是情缘已尽
而是从开始至今
我们之间
不曾有过爱情

只是有一种力量
在我们之间恒定
让我们误以为
那就是所谓的爱情

我们没有爱情
我们之间
也不需要爱情

我只是你
生命的另一部分
你只是我

你永远在我心中一个郁郁的角落

另一半的灵魂

（2005 年 10 月）

57 世上的你只有一个

走自己的路
让别人去说吧
不知是我选择了路
还是路选择了我

爱自己的爱
让别人去说吧
不知是我选择了爱
还是爱选择了我

我以自己的姿势走路
让别人去说吧
不知是姿势选择了我
还是我选择了姿势

我以自己的方式爱你
让别人去说吧
不知是我选择了方式
还是爱你的方式只能这样

第一部分　短信时代的365封情书（精选）

世上的路有千条万条
世上的你只有一个

(2005年10月)

我在黑夜中找到诗意

我已习惯
用别人的罪恶
来惩罚自己
我的笔
常常吸满悲愤
纸上有血
泪在字里

那么一次偶然和必然
改写了我
用你的温情喂我的笔
让我的笔下
有了阳光雨露
有了笑靥鲜花
我在黑夜中
也找到了诗意
这或许是另一种悲哀

你永远在我心中一个郁郁的角落

但是我愿意

(2005年10月)

  我们之间的河流

有些风景只能远远地看
走近了就丢失了梦

有些河流不要急于涉过去
涉过去了就没有了传奇

我们之间的河流
唱的都是我的诗

(2005年10月)

车流人海
茫茫中
两叶小舟
如并蒂莲花

第一部分　短信时代的365封情书（精选）

又似两个漂流瓶
被美丽联结着
共同承载着这世间
最绰约的风姿
最娇艳的芬芳

当你歇息的时候
泊于床前的莲舟
香气四溢
召唤着我的梦魂

（2005年10月）

 61　一　只　蚕

也许
爱你的人
不是一个诗人
不能用美丽的话语
温暖你的心
并汲取你精神的琼浆
那么
就做一只蚕吧
吐出的丝
织一双丝袜

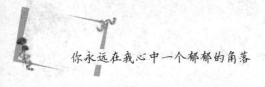

你永远在我心中一个郁郁的角落

温暖你的双足
吸取冰肌玉骨的芬芳

(2005年10月)

灵 魂 市 场

带着谜一样的笑意
与寻找的眼神
拿着镣铐和锁链
您走进灵魂市场
就像挽着菜篮子
来到菜市

虽然被选择者有许多
因为选择者只有您
我的灵魂
被我插上标签
先您一步
摆在那里

您在他的旁边
停下高贵的脚步
像判官
决定着他的生死

您神态优雅
慢条斯理
任凭他紧张得
几乎喘不过气

呵 我的灵魂
可怜的灵魂
他终于沦为
您的奴隶

在您的镣铐下面
不知他是找到了自己
还是丢失了自己

在您的锁链下面
不知他是酸涩
还是甜蜜

(2005年10月)

 彩霞的地毯

您娉婷而来
踩着彩霞的地毯

在晚霞和朝霞之间
是您的披肩秀发
在朝霞和晚霞之间
是您的明媚笑靥

您的御座
安置在我心的中央

您款款落座
我的心宇布满祥光

(2005年10月)

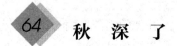 秋 深 了

秋深了
如一个
清丽而有点忧郁的女子
被亚热带的阳光
插入

我悠在窗口
看着阳光下的秋
另一个
清丽而有点忧郁的女子

第一部分 短信时代的365封情书（精选）

向着我的记忆走来
思念雄起

秋轻轻扭动着身子
娇喘着
依旧葱茏的亚热带的树木
婆娑着
凉爽的风扑面而来
我的思念
不紧不慢

阳光在秋风中
逐渐疲软
我的思念依旧坚挺

我对你的每一场思念
都很持久
虽然又是深秋
我已不再年轻

（2005年10月）

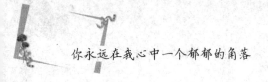

你永远在我心中一个郁郁的角落

 温情和激情

亲情和友情是温情的
爱情是激情的
温情比激情经久耐用
一个人如果常常激情燃烧
很容易把自己焚毁

没有血缘的亲情
很容易在夫妻之间滋生
婚姻的稳定剂
是温情而非激情
当恋人成为家庭成员
我们是不是该远离激情

可是
过分克制自己
是不是一种虚伪
适度释放自己
是不是一种真诚

(2005 年 11 月)

66　洗　手

我在洗手间
拧开水龙头洗手
看着哗哗流出的水
想到这地球母亲的乳汁
有一天流尽了
我们怎么办

忽然就想起你来

对你的思念
如这水
一拧开水龙头
便哗哗不断地流
有一天枯竭了
我会怎么样呢

我忙拧紧水龙头

(2005 年 11 月)

67 偶　　遇

我在公共汽车站
遇到一位
背影很像你的女子
一样的窈窕
一样的秀发披肩
一样的灰色上衣
一样被牛仔裤
勒出修长的两腿

她一定知道我在看她
回过头对我微微一笑
她的脸型也与你差不多
同样有着清纯脱俗的气质
清秀的眉眼间
有着一样淡淡的忧郁

她居然与我在同一站下车
她又回过头
对我微微一笑

是不是美丽得像你的女子
都这样友好亲切

也许是梦
也许不是梦

（2005 年 11 月）

  你是一道闪电

你是一道闪电
不经意间路过了我
在把我照亮的同时
把我击倒

（2005 年 11 月）

  你 的 声 音

你的声音
把我唤醒

因为你的呼唤
匆忙醒来
却把你的声音

你永远在我心中一个郁郁的角落

留在梦中

更深人静
你在千里之外

你的声音
在耳边余韵袅袅

好想再听听
你的声音
可是你的声音
把我唤醒

(2005 年 11 月)

你是一封迷人的信

没有收到你的信
感觉又是好久了

其实你的被窝
就是一个芬芳的信封
睡意把你装进去
梦就把你寄给了我

你是一封温馨的信
你是一封迷人的信
你是一封百读不厌的信
你是一封永远看不完的信

（2005年11月）

71 走在思念中

远远望去
汽车
像一只只屎壳郎
在海湾大桥上疾行
坐在船上
船在平静的海面上
徐行
走在思念中
精神之吻
在你的身上徐行
回首旧梦
欲望
像一身黑衣的杀手
融进夜色般
融进情感中

（2005年12月）

你永远在我心中一个郁郁的角落

72 时　　间

我们睡着时
时间也睡去了
我们走路时
时间也走掉了
我们玩耍时
时间也玩丢了

时间的累积
除了白发和皱纹
还有什么

而我想你时
我不知道
时间在干什么
时间的累积
是你越来越模糊的面容
与我越来越深的叹息

（2005年12月）

第一部分　短信时代的365封情书（精选）

73　无法实现的体验

有时候我想
在清净的彼岸
遥望此岸的你
会是一种
什么样的心情

但是
登陆彼岸
必先情断尘绝
因此
也许
那是永远无法实现的体验

你在尘凡
我在尘凡
你在地狱
我在地狱

（2005年12月）

74 爱之禅

（一）

一年三百六十五天
每天都要想你
寒暑不易
风雨无阻
有人说我太执着了
其实是你让我不执着
因为想你时
我会把所有烦恼看破
我会把所有俗务放下

（二）

当你的娇躯美貌
在我的记忆中模糊一片
是不是意味着
我已把你的相看破了
当你的名字
成了我的《心经》
成了我想你时
心里的全部内容
那时候
我还能说

我在想你吗

（三）

相是假的
你的美丽是假的
文字是假的
我给你的诗是假的
佛说
以假修真
我说
我们因假而爱
当看破了一切相
真爱就会出现吗

（四）

当我想起你的身姿容貌
想你是一种煎熬
当你在我心里
抽象成一个符号
想你是一种境界
默念着你的名字
心中纤尘不染

（五）

我想你
有一个我
有一个你
一个躯体想着另一个躯体

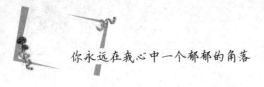

你永远在我心中一个郁郁的角落

一个假象想着另一个假象
这是真的吗
我想你
想到无我无你
是不是就达到了
真的境界呢
可是
无我无你
想在哪里

(六)

默念着你的名字
想你在想与不想间
就那么念着想着
念着想着
不知过了多久
周围的一切都不存在了
天地间只有一个声音
在一片祥光和芬芳中
袅袅
美妙绝伦
当我缓缓回过神来
那个声音渐渐明朗成
你的名字

(2005年12月)

75 洞　　外

在芳草萋萋的仙人洞外
灵魂顶礼膜拜
身体挣扎徘徊

进入
是成仙
还是堕落

天堂是你
地狱是你

（2005 年 12 月）

76 只隔着一个锅底

你是水
我是火
我们只隔着
一个薄薄的锅底
这是在一本杂志上
看到的一个比喻

你永远在我心中一个郁郁的角落

它像蜂
蜇痛了我的心

我匍匐在你的下面
烘托着你
温暖着你
渐渐使你沸腾
我们近在咫尺
可是我终其一生
连你的手指都不曾吻到

我化成灰烬
撒在土里
你化为蒸汽
飘在天上

菩萨说
下世
我为水
你为火
我们就这样轮回

(2006年1月)

77 你在禅中

（一）

幡动
风动
心不动

幡不动
风不动
心动

你不变
我不变
爱变

你变
我变
爱不变

（二）

你在我心中
我的心在你身上
我的心在我心中

我在你心中
我的心在你身上
你的身在你心中

（三）

我不是我
你不是你
我们未曾相识
爱又从何谈起

（四）

有你有我
无我有你
你在禅中
我在哪里

你是烦恼
你是菩提

（2006年1月）

第一部分 短信时代的365封情书(精选)

78 忆江南·不想你

(一)

不想你
想你徒伤情
披卷忽听来短信
启机只盼睹芳名
失望神难宁

(二)

不念你
念你又揪心
学唱动听新妙曲
却见你在每一音
顾影倍凄清

(三)

不扰你
扰你罪非轻
铺纸展笔书共画
画是倩影书是名
音容忆犹新

(2005年4月)

你永远在我心中一个郁郁的角落

79 如梦令·质朴

（一）

听你诉说乡土
更感纯真质朴
莫道老家穷
定是风光处处
仰慕仰慕
神韵岂能无故

（二）

你以村姑自谓
令我更加敬佩
俱是山乡人
自有一番感觉
亲切亲切
何惧人言暧昧

（2005年4月）

第一部分 短信时代的365封情书（精选）

 诉衷情·悠悠

小家和睦日悠悠
平淡似无忧
只因执着烦恼
执着非无由

两个字
不堪揪
爱和愁
病入早悟
一死皆休
生岂无求

（2005年4月）

 虞美人·更深梦醒

更深梦醒悲何状
星月皆昏暗
阳台寂寞叹轻风
魂落梦乡犹在温柔中

你永远在我心中一个郁郁的角落

青丝几度东风拂
转眼春何处
书香或可却愁怀
怎奈音容去去复来来

（2005年4月）

鹊桥仙·无眠夜午

匡时抱负
才华半腹
化作温柔无数
雄心万丈付东流
嫉世俗请缨无路

无眠夜午
愁怀谁诉
多少年华虚度
情长气短莫讥余
英雄哭美人迟暮

（2005年4月）

83 郊　　游

雨后凉悠悠
市郊信步游
蛙鸣田垄绿
鸟语柳叶柔
欣遇好女子
久违老黄牛
不堪背影肖
滋味上心头

（2005年5月）

84 西江月·旷野凄风

旷野凄风虫叫
冷月荒庙孤灯
眼前隐约一魅影
我却不知惊恐

魅影回头一笑
分明秋水伊人
趋前跌醒相思痛

083

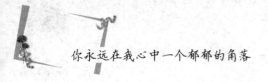

你永远在我心中一个郁郁的角落

梦你百梦不同

(2005年5月)

85 江城子·此生飘荡

此生飘荡哪时休
南忽忽
北悠悠
伯牙弦断
知遇更何求
宁斗虎狼逞英烈
宵小辈
使人愁

书生骨气岂能羞
竹在夏
菊在秋
梅傲寒冬
春暖兰正幽
万物均依时运转
雪里炭
汝温柔

(2005年5月)

少年游·相思深

前年相见
去年知己
今日相思深
前年笑靥
去年心语
今日冷清清

犹记当年满山碧
石异试回音
云日应怜花容嫩
云如伞
日透云

(2005年5月)

 眼儿媚·填尽词牌

宋词一册水一杯
听雨上阳台
平平仄仄
句长句短

婉约情怀

相思恰似晚风急
不意扑人来
斟斟酌酌
为君填尽
天下词牌

(2005年5月)

88 昭君怨·东风几度

一世东风几度
刹那春归何处
岁月似水流
不能收

可恨红颜易老
堪叹知音难找
转眼已半生
心空空

(2005年5月)

第一部分 短信时代的365封情书（精选）

89 六州歌头·寒门夜半

寒门夜半
月色染阳台
人声静
虫鸣远
轻风乖
醒愁怀
梦境待回味
云端上
伊人立
扬玉手
花如雨
眼含哀
只影相随
如帚扫庭院
寂寞徘徊
有欢欣乍到
隐隐异香来
花架一排
一花开

叹花如已
花如你
余寥落

你永远在我心中一个郁郁的角落

你美哉
怜之最
屈君子
误高才
谁人说
烁烁金光闪
珠非假
安可埋
压抑久
锐气灭
灵气呆
自薄自知莫辨
何堪见
琼璧蒙埃
我怜花久立
月赏花前来
谁解我怀

(2005年5月)

西江月·一盹

疗病本该静养
谋生还应操劳
家门扫罢念庙堂
空惹他人冷笑

睡以养身去倦
奈何倩影飘飘
开卷凝神却相思
恍惚一盹梦到

(2005年5月)

91 菩萨蛮·怜白发

昔言我材必有用
今道可怜白发生
自赏已非芳
此情何以堪

知音千里外
知遇隔云海
心事说还休
愁随暮色稠

(2005年5月)

你永远在我心中一个郁郁的角落

92 丑奴儿·魂梦销

酥肩粉颈飘香发
眼角眉梢
眼角眉梢
爱怨喜嗔纯带娇

纤腰秀腿凝脂臂
桃李燃烧
桃李燃烧
冰玉入怀魂梦销

(2005年5月)

93 阮郎归·休言淡泊

休言淡泊我无求
囊锥难出头
偶然心动最堪愁
难消满面羞

怀中志
何日酬

对镜悲白头
落花有意水东流
解忧乃温柔

(2005年5月)

94 沙　鸥

日软浪微独倚楼
天高海阔一沙鸥
人如黑蚁纷攘攘
云似白驹空悠悠
过尽千帆非所待
望穿万里欲何求
非君怎解余心事
只谓偷闲强说愁

(2005年5月)

95 雨霖铃·昨宵悲叹

昨宵悲叹
如舟残月
苦海怎渡

你永远在我心中一个郁郁的角落

长虹似道今日
心暗祷
蓬莱有路
日暮山穷水尽
柳暗花明处
身落拓喜得真情
青鸟殷勤来复去

落英蝶影风中舞
化花泥
不道蝶何住
缠绵心事如絮
将欲语
漫无头绪
尘世从容
修道修身花丛懒顾
却遇汝万种风情
与我梦中诉

(2005年5月)

96 西江月·一日

白日忙于生计
要愁哪得工夫
只忧夕照洒归途
劳碌一无用处

人倦神疲气馁
挥毫难就一词
诗思泉涌逐相思
却是梦回夜午

（2005年5月）

97 采 花

小满雨丝丝
山花烂漫时
采花想送汝
馥郁沁心脾

（2005年5月）

98 化 风

地闷天阴雨意凝
上街香汗湿罗裙
只求化为风一阵
吻干冰肌保妆容

（2005年5月）

你永远在我心中一个郁郁的角落

99 囚

你之神韵
我之刑期
三年已逝
释我何时

以笼囚鸟
报之以啼
以情囚我
报之以诗

铃因风动
铃声怡神
心因爱动
心声谁听

(2005年5月)

100 渔家傲·蛟龙仙女

布雨行云劳为疾
蛟龙掉进淤泥里

第一部分　短信时代的365封情书（精选）

蟹戏鳅欺蛇露齿
难发力
蛤蟆鼓嘴讥无已

恻恻蛟龙苦盼冀
翩翩仙女祥云至
玉手轻抚伤病愈
龙飞起
乘龙仙女凌空去

（2005年5月）

101　酒

缘病久无酒
举杯非解忧
但愿醉难醒
留君梦里头

（2005年5月）

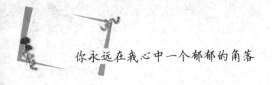

102 无　　眠

芳踪何去
是否忘却
昨宵梦约
赴他人梦
任余反侧
无眠今夜

（2005年6月）

103 浣溪沙·心事满怀

赏景新园花正红
池边柳絮舞和风
喷泉西畔雕群东

心事满怀有谁懂
灵犀一点唯君通
静观万物且从容

（2005年6月）

第一部分 短信时代的365封情书(精选)

104 雨后晓思

香枕浮莲花
娇躯横玉榻
愿为卷帘人
试将红绿答

(2005年5月)

105 暴雨前夕

苍穹黑如盖
沉闷究可哀
电闪山河亮
雷轰天地开
劲风扫雾霭
暴雨洗尘埃
斯季君珍重
何时我畅怀

(2005年6月)

你永远在我心中一个郁郁的角落

女冠子·欲雨未雨

欲雨未雨
闷热此时天气
电忽停
摇扇动心事
风吹好骋魂

芳闺争欲进
风电塞难通
执扇侍花侧
酬香风

（2005年5月）

鹊桥仙·依前约

一时想法
以诗表达
句句当然情话
人生轨迹各西东
依前约应无变化

第一部分 短信时代的365封情书（精选）

相思滋味
酸甜苦辣
与泪一同咽下
无穷回味苦和酸
我不愿情多义寡

（2005年5月）

108 夜游宫·夕照沙滩

夕照沙滩帆影
风拂面浪吞足印
夜幕烁烁缀珠玉
返房间
立窗前观美景

临海小山顶
有宾馆竹林掩映
燕舞莺歌一对对
苦相思
弃商文书短信

（2005年5月）

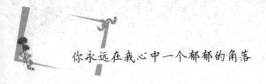

鹊桥仙·徘徊幽径

苍犬亲密
蝴蝶独戏
最是鸟儿傲倨
枝头独语似诗人
欲致意腾空而去

鱼金水碧
鸭白石栗
更有菊黄柳绿
徘徊幽径倍思君
枉飞瀑扬珠溅玉

(2005年5月)

生查子·杨梅

杨梅熟满山
梅雨连宵后
累累压枝头
绛紫已红透

第一部分 短信时代的365封情书(精选)

品梅如思君
酸在甜之后
初啖甜滋滋
久尝酸溜溜

(2005年5月)

111 瞻仰文天祥石像感怀赠友

面北恨胡酋
终南望帝舟
丹心耀日月
碧血洒春秋
文公像下立
怀古思幽幽
报国心犹在
海门不枉游
请缨路何处
转眼鬓已秋
多情休笑我
终日写温柔
未必非豪杰
屈志怨何休
君言胜美酒
解我怀中忧

(2005年5月)

你永远在我心中一个郁郁的角落

112 采 茶 曲

日丽花似火
风和绿婆娑
窈窕客家女
采茶上山坡

山色虽宜人
山歌更悦耳
凝神细辨认
你是哪一个

(2005年5月)

113 浣溪沙·望断天边

望断天边日欲沉
缘何雁去杳无音
且将思念托浮云

纵使言辞有欠敬
皆因情浪起难平
你心换我心自明

(2005年5月)

114 沉沉夜色

沉沉夜色沉沉笔
郁郁心情郁郁天
万般思绪万般语
著于纸上只无眠

(2005年6月)

115 心　　病

衣带渐宽人欲飘
不堪对镜悴和憔
时人怎晓余心病
只道食差与苦劳

(2005年6月)

你永远在我心中一个郁郁的角落

116　信步寻诗

信步寻诗披彩霞
应邀赏景日方斜
竹间风爽一园绿
柳下水横四季花
十里波光鱼哪里
千家灯火笛谁家
风光撷下寄君看
聊似携君同踏沙

(2005年6月)

117　美景不常

两岸柳垂一池月
四围树拥三面风
美景不常韶华短
相思更惹华发生

(2005年6月)

第一部分 短信时代的365封情书（精选）

118 诗 中 画

二径竹阴二树鸟
一池金鲤一亭风
相机摄下诗中画
挂在伊人香闺中

（2005年6月）

119 红 豆 树

风幽鸟啼随松动
柳影花香共水流
不意偏逢红豆树
借来胜景聊解忧

（2005年6月）

你永远在我心中一个郁郁的角落

120 惆 怅

惆怅随风至
相思伴雨来
夜吟月色冷
晨起鸟声哀

（2005 年 6 月）

121 谒金门·半杯茶

犹记起
当日半杯茶水
转动圆盘酒店里
杯沿胭脂迹

好想香茶错取
让汝茶杯见底
唇印惹人堪品味
至今忆犹悔

（2005 年 6 月）

第一部分 短信时代的365封情书（精选）

良辰虚度

奔波策划为谋生
走马观光类转蓬
幽处雅园竹径续
小亭古榭木桥通
蜂飞蝶舞花妍艳
玉溅珠扬水叮咚
可叹良辰又虚度
无君美景便不同

（2005年6月）

东山选景

潮阳选景东山冲
庙宇亭台烟雨中
九曲桥上人绺绺
百阶路旁草葱葱
池山争展千般绿
生旦共撑一伞红
男角是我女非汝
感觉平淡谓从容

（2005年6月）

你永远在我心中一个郁郁的角落

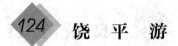 饶 平 游

选景饶平游
群山一望收
泉由竹下绿
鸟自林间幽
新藕三千朵
古村五百秋
他朝有汝伴
更把风光求

(2005年6月)

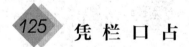 凭 栏 口 占

亭于竹下凉
风自荷间香
戏水浮桥湿
凭栏望眼穿

(2005年6月)

第一部分　短信时代的365封情书（精选）

126　耿耿此心

人如柳瘦
品比竹清
学广识远
身微言轻

浊世腐风
何怜白璧
昏官庸吏
谁识真金

有怀投笔
无路请缨
深深一叹
耿耿此心

揩英雄泪
舒美人巾
不知何日
报得君恩

（2005年7月）

你永远在我心中一个郁郁的角落

127 沁园春·客少门寒

客少门寒
独度夏冬
研读春秋
喜月无凉炎
风无贫富
花香免买
鸟语免酬
只叹经纶
闲存满腹
竹语萧萧惹我愁
上楼顶
收千山眼底
百姓心头

犹思玉面含羞
最忆那桃苞语却休
更兰香袅袅
万般韵味
秋波脉脉
千种温柔
红粉命乖
高才运舛
一见相怜可忘忧

第一部分　短信时代的365封情书（精选）

却添恨
恨逢君已晚
此恨难休

(2005年7月)

 何　　时

昨日之日不可留
韶华似水去悠悠
似镜长湖悲白发
何时与君弄扁舟

(2005年11月)

第二部分
边走边唱

前　言

年轻时反复做着同一个梦
一把吉他
浪迹天涯
一肩明月
四海为家
边走边唱
无牵无挂
卖艺为生
潇潇洒洒
多少次在梦中唱着醒来
不知身在何处
只有天籁般的旋律
萦绕耳边
于是有了这些文字

第二部分　边走边唱

1　老　板

总想起你的那一间小厂
是我走上社会的第一站
你亲切地称我兄弟
我调皮地唤你厂长
侃起大山无话不说
干起活来携手并肩
你要我先歇一歇
我争着让我来干
你总是一本正经
我经常嬉皮笑脸
噢　老板　我的小老板
你现在过得怎么样
转眼间分别已多年
是否有空把我想一想

总想起你那一间小厂
收藏过我青春的梦想
睡觉与你背对背
吃饭与你脸对脸
一瓶啤酒挨个儿喝
一个面包掰成两半
你系过我的领带
我穿过你的西装

115

也曾经吵架赌气
却依然义重情长
噢 老板 我的小老板
你是否成了大老板
转眼间分别已多年
真想抽空去把你看一看

2 打 工 兄 弟

你纯朴憨厚正直善良
只是有点孤僻
你目光深沉气质独特
只是神情忧郁
你认真负责努力工作
只是命运坎坷
你勤奋好学才华横溢
却总是怀才不遇

兄弟 我亲爱的好兄弟
也许你又受了委屈
我也只是个打工仔
只能陪着你默默叹息

兄弟 我亲爱的好兄弟
人生总有许多不如意
世道总有一些不合理

第二部分 边走边唱

你好好干吧不要泄气

兄弟　我亲爱的好兄弟
明天你就要离我而去
我知道无法挽留你
只能送一程轻歌一曲

兄弟　我亲爱的好兄弟
太阳总在山的那一边
前面定有一番新天地
你好好走吧我祝福你

 你在灯火阑珊处

有一缕记忆模模糊糊
有一种感觉说不清楚
仿佛梦中曾与你相濡以沫
仿佛前生曾与你同甘共苦

我曾经那样寂寞无助
你曾经那样凄清楚楚
寻寻觅觅众里寻你千百度
蓦然回首你在灯火阑珊处

117

缱绻的日子我多么满足
怎样的未来我不敢在乎
我愿意为你不求回报地付出
我愿意看你洒脱离去的脚步

只要世界上有你
我就不会孤独
只要回忆中有你
我就感到幸福
多想与你红尘做伴风雨同路
走向岁月深深处

姐 你在家乡还好吗

(白)山花般美丽的姐
山泉般纯洁的姐
庄稼般淳朴的姐
歌谣般亲切的姐

忘不了那一年你十七八
黑油油的头发插一朵桃花
初春的太阳暖融融
姐弟俩去田里挖地瓜

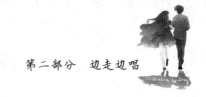

第二部分　边走边唱

挖到了地瓜你递给我
喜滋滋看我全吃下

忘不了那时候我犯了家法
你为我挡住了藤条和责骂
有时父母说了你几句
你总是默默不说一句话
转过身谆谆教育我
抬起手把我眼泪擦

忘不了上中学我住学校
你给我送米送菜送地瓜
流连校园你舍不得走
你渴望读书却生在穷家
农活磨钝了聪明灵气
大山埋葬了青春年华

噢　姐　你在家乡还好吗
在你的目光中我浪迹天涯
走不出你遥远的牵挂

噢　姐　你在家乡还好吗
在你的目光中我浪迹天涯
不敢放松追求的步伐

你永远在我心中一个郁郁的角落

（白）山花般美丽的姐
山泉般纯洁的姐
庄稼般淳朴的姐
歌谣般亲切的姐

5 人 在 江 湖

举杯就要畅意开怀
说话就要痛痛快快
刚正直爽
奔放又坦率

恨就要恨得明明白白
爱就要爱得死去活来
敢作敢当
敢恨也敢爱

渴望成功笑迎失败
历尽沧桑不减风采
千滩万险
青春更豪迈

飞短流长不屑置辩
君子一诺千金不改
风狂雨恶
热血正澎湃

剑胆琴心丈夫气概
侠骨柔肠男儿胸怀
人在江湖
真我依然在

6 这一次我是真心的

你说你已经历了太多坎坷
你说你已感受了太多失落
你说今后的人生你只想
一个人平平淡淡地过

你说你已经不起半点挫折
你说你已习惯了孤独寂寞
你说下雨的夜晚你只想
一个人清清静静地坐

这样的情景难免有点苦涩

你永远在我心中一个郁郁的角落

请让我敲响你的一窗灯火
不要总是对我如此冷漠
请打开心扉接受我

这一次我是真心的
你却怕自己一错再错
我对你情如火
请不要再沉默

这一次我是真心的
不要让真情擦肩而过
我对你情如火
快开门接受我

7 我能看见你流泪

那时候夕阳下总有风轻轻吹
那时候的夜晚总有月色如水
厂道上我和你步步相随

你的秀发在夕阳下长长地飞
你的笑声在月光下清清脆脆
林荫下我和你紧紧依偎

第二部分　边走边唱

每当我们工作劳累
你给我揉揉肩
我给你敲敲背
每当我们受了委屈
我给你讲讲笑话
你给我好言抚慰
你常常这样对我说
做人只求问心无愧
噢　我纯洁的小妹妹

下岗后我和你到处寻找职业
为生存为前途我们无路可退
我们的心都已伤痕累累

我险些堕入深渊中自暴自弃
你曾经走在边缘上金迷纸醉
多少伤感把我们紧紧包围

重逢的惊喜掩不住
你的满脸憔悴
我的满怀疲惫
多想再给你揉揉肩
再让你敲敲背

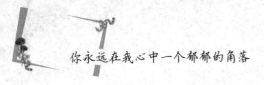

你永远在我心中一个郁郁的角落

找回你满脸妩媚

我能看见你流泪

你是否知道我心碎

噢 我忧伤的小妹妹

重逢的惊喜掩不住

你心中的伤痕

我脸上的疲惫

多想与你从头再来

我不怕再苦再累

风雨人生相依偎

我能看见你流泪

你是否知道我心碎

噢 我多情的小妹妹

重逢的惊喜掩不住

我心中的沧桑

你脸上的泪水

多想再让你揉揉肩

再给你敲敲背

天涯海角紧相随

我能看见你流泪

你是否知道我心碎

噢 我可爱的小妹妹

第二部分　边走边唱

 你曾经是我的朋友

曾经与你风雨同舟
曾经与你并肩携手
曾经对弹失败的泪
曾经共饮成功的酒

虽然与你黯然分手
大道小路各自去走
祝福依然在我耳边
目光依然在你左右

你曾经是我的朋友
人各有志不能强求
曾经的情谊随风而去
曾经的温暖还在心头

 我只想听听你的声音

突然涌起了那一种心情

突然撤响了你的电话铃
原以为早已淡忘的号码
拿起话筒依然烂熟在心

按下了号码希望是忙音
拨通了电话希望没人听
屋子里空气失去了宁静
我的心咚咚咚跳个不停

好像从很远的时空
传来那熟悉的声音
一切都好像凝固啦
整个世界只有你的声音

你的声音你的声音
风一样柔云一样轻
我的头脑一片空白
泪水淹没了我的声音

仿佛过了几个世纪
终于叫出了你的小名
我哽咽着说没什么
我只想听听你的声音

10 有你的目光在我背后

我离开家乡的时候
你送我送到小村口
我走了很久回头看
你依然朝我挥挥手

我离开家乡的时候
你送我送到小桥头
我走了很久回头看
你目光如水水幽幽

有你的目光在我背后
多少坎坷我勇敢去走
多少次流血不流泪
多少诱惑我不停留

有你的目光在我背后
多少孤独我默默忍受
多少次失败不失志
多少打击我不低头

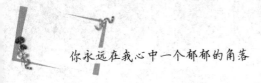

你永远在我心中一个郁郁的角落

我离开家乡的时候
你送我送到小桥头
我走了很久回头看
你目光如水水幽幽

有你的目光在我背后
多少孤独我默默忍受
有你的目光在我背后
多少坎坷我勇敢去走

11　生活总得有所期待

小路总是伸向远方
小河总是奔向大海
小草总是憧憬春天
人生总是向往未来
生命总得有所追求
生活总得有所期待

只要我们有所追求
步伐就会充满豪迈
只要我们有所期待
眼睛就会洋溢光彩

只要步伐有所追求
我们就不必怕失败
只要眼睛有所期待
我们就不会悲哀

 这些年你过得不容易

这些年你过得不容易
一切只能靠你自己
没有人知道你流过多少眼泪
没有人知道你受过多少委屈
没有人为你遮风挡雨
没有人陪你走过崎岖

这些年你过得不容易
这些年辛苦了你
有谁同情你曾经四处碰壁
有谁安慰你曾经满怀忧郁
有谁轻轻地拥你入怀
有谁好好地把你珍惜

这些年你过得不容易

你永远在我心中一个郁郁的角落

一切只能靠你自己
失落的时候你常常寂寞无助
困苦的时候你总是孤独无依
也曾在街头惘然失措
也曾在角落暗自饮泣

这些年你过得不容易
这些年辛苦了你
不管怎样你都不会自暴自弃
软弱只在表面刚强却在心里
跌倒了你自己站起来
受伤了咬咬牙挺过去

这些年你过得不容易
一切只能靠你自己
或许我对你也是爱莫能助
只能在这里为你轻歌一曲
给你一点温暖关怀
祝你今后称心如意

13　曾经与你朝夕相处

曾经与你朝夕相处
我才知道什么叫幸福
你脉脉的眼神把我淹没
你长长的秀发把我盖住

不再与你朝朝暮暮
我才知道什么叫孤独
我用分分秒秒计算欢乐
却用年年月月计算痛苦

一生中聚散离合多少回
最难分难舍是与你分别
你使我懂得了思念滋味
那一种苦涩还得慢慢去体会

一生中阴晴圆缺多少回
最刻骨铭心是与你分别
你使我在梦中深深沉醉
梦醒的凄清还得默默去面对

你永远在我心中一个郁郁的角落

曾经与你朝夕相处

我才知道什么叫幸福

你红红的嘴唇把我融化

你纤纤的手指把我轻抚

14　邻家女孩

你是蝴蝶翩翩舞

你是山花迎春开

你温柔又本分

你纯洁又可爱

我的情我的爱我那邻家的女孩

你的童年你的青春刻在我胸怀

我曾经为你与人家打架

你曾经为我受父母责怪

你采的山茶味更香

你绣的小鸟飞起来

你心灵又手巧

你纯朴又勤快

我的童年我的青春我那邻家的女孩

你的笑靥你的艾怨刻在我胸怀

我曾经为你喝醉了酒

第二部分　边走边唱

你曾经为我泪流满腮

转眼间你出嫁啦
那一天我仍漂泊在外
望着家乡的方向惆怅满怀
默默祝你一生愉快
你一定是个好妻子
不知他是否懂得爱

日子总是过得快
忙忙碌碌就到了现在
你的男人是否已经有了钱
有钱了是否会变坏
你的心情好不好
你的孩子乖不乖

不知为何问你这么多
问这么多也许不应该
如果我言语有冒昧
请你千万别见怪

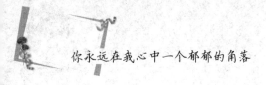

你永远在我心中一个郁郁的角落

 15 你是我眼里唯一的风景

大街上车水马龙
人流中倩影缤纷
橱窗里商品琳琅
夜空下七彩霓虹

在这个新兴的不夜城
我苦苦寻找一个人
总有许多类似的背影
让我怦然心动
其实我心中深深的眷恋
是你春暖花开的笑容

高楼鳞次栉比
广厦异彩纷呈
这边是轻歌曼舞
那边是烛影摇红

在这个新兴的不夜城
我苦苦寻找一个人
总有许多如风的诱惑

第二部分　边走边唱

使人心旌摇动

其实我眼里唯一的风景

是你天使般纯洁的面孔

这都市繁华如梦

有个人身影茕茕

这个人是我是你

你和我何日重逢

（以上 15 首词作于 2000 年 6 月）

16　荆　棘　鸟

亲爱的朋友你是否知道

有那么一只荆棘鸟

它在等待自己长大

一长大就离开温暖的巢

蛮荒世界中它苦苦寻找

任何诱惑都不能使它放弃目标

亲爱的朋友你是否知道

有那么一只荆棘鸟

它在寻找那荆棘树

它扑进了荆棘树的怀抱
最长的荆棘扎进了它的身体
深深的痛中升华起绝妙的音调

亲爱的朋友你是否知道
有那么一只荆棘鸟
它的一生只唱一次
任何歌声都比不上它美妙
整个世界都在静静地谛听
夜莺和云雀都默默地不再鸣叫

亲爱的朋友你是否知道
有那么一只荆棘鸟
它的一生只唱一次
任何歌声都比不上它美妙
最长的荆棘扎进了它的身体
深深的痛中升华起绝妙的音调

17 打工的妹妹

离家那一年你才十五岁
憧憬和不安伴你走社会
行囊装满了爸爸的叮咛

背影沾满了妈妈的眼泪

多少年过去我无法忘却
你的几句话敲击我心扉
哥哥你安心去上大学吧
你有妹妹在别担心学费

现在你好吗打工的妹妹
你是否已经觉得有点累
总是听你说你过得很好
我却看到你脸上的憔悴

现在你好吗打工的妹妹
我只盼望你回家歇一歇
你寄来相片脸上带着笑
我却感到你心里的疲惫

现在你好吗打工的妹妹
这些年为我花多少心血
现在我总算有份好工作
也许能给你一点点安慰

你永远在我心中一个郁郁的角落

18 男人也有脆弱时候

多少沧桑使你满脸憔悴
多少坎坷使你满怀疲惫
多少打击使你伤痕累累
多少失败使你气馁心灰

这时候你不必强作欢颜
这时候你不必强忍悲泪
这时候你不必逞强斗胜
这时候你不必自责懊悔

男人也有脆弱的时候
别说男人不相信眼泪
男人也有脆弱的时候
别说男人不需要安慰

男人也有脆弱的时候
柔软的肩膀让你歇歇
男人也有脆弱的时候
温存的怀抱为你准备

让她为你擦去眼角的泪
让她为你抚平满脸疲惫
让她为你举起祝福的手
带着她的期望奋力去追

原来你是真的爱我

打开电脑总收不到你的来信
拿起电话总听不到你的声音
寻呼机上也不再有你的留言
我的世界消逝了你的踪影

不知道你为什么恨我
难道是人们说的那个原因
原以为你不可能爱我
不料你竟然付出了真心

原来你是真的爱我
默默地为我付出太多
原来你是真的爱我
却总得不到我的承诺

原来你是真的爱我

我却怕自己一错再错
原来你是真的爱我
我却让真情擦肩而过

原来你是真的爱我
所以你才这样恨我
原来你是这样恨我
因为你是真的爱我

20 你要爱我就爱吧

你的伤感我能够体会
我的无奈你能否理解
有些责任我要完成
有些承诺我无法给

我的寂寞你无法代替
你的美丽我无法拒绝
有些问题难以解决
有些答案属于岁月

我只是你日记中的一片落叶
不可能是你的整个世界

我只是你生命里的一个过程
不可能拥有你的一切

你要爱我就请爱吧
只要你爱得无怨无悔
你要爱我就请爱吧
我会珍惜你的纯洁

你依然是我没完没了的牵挂

你曾经耐心地等我慢慢长大
你的怀抱曾经是我温暖的家
我的任性却一次次将你伤害
总觉得你不是我梦中的白马

总以为我爱你只是短短一句话
总以为山盟海誓经不住风吹雨打
总以为分手我会潇潇洒洒
现在才知道爱不是流水落花

剪不断理还乱
拿得起放不下

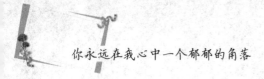

你永远在我心中一个郁郁的角落

你依然是我最最心疼的男人
这一切你知道吗
也许我对你伤害太多
沉默是你给我的回答

我的思念随你到海角天涯
我的目光是你的匆匆步伐
你依然是我望眼欲穿的期盼
你依然是我没完没了的牵挂

 其实我是真的好爱你

你还没满月我就离去
又开始我的天涯孤旅
重逢时你已会说话
看着我不肯把爸爸喊一句

噢　我的孩子　不要怕
我是你爸爸　让我抱抱你

这些年爸爸过得不容易
努力刻苦却没有好运气

辛勤耕耘收获太少
我实在没有更多的给你

噢　我的孩子　不要哭
我是你爸爸　让我亲亲你

你总以为我对你不够爱
其实我是真的好爱你
我爱你的乖　我爱你的笑
我爱你大哭大闹的坏脾气

你总以为我对你不够爱
其实我是真的好爱你
我爱你聪明　我爱你伶俐
我爱你笨手笨脚傻里傻气

23　南　山　月

那是一条偏僻偏偏僻僻的街
那是一弯冷清冷冷清清的月
有两颗孤独的心在这里相碰
两双年轻的眼睛在这里交汇

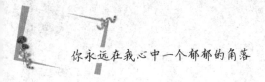

你永远在我心中一个郁郁的角落

南山月是一个书吧的名字
那个书吧很小很小也不特别
缕缕书香融进了一壶好茶
一匙咖啡搅起了袅袅音乐

虽然我们一直没有相约
却悄悄产生了一份默契
这里给了我回家的感觉
这里给了你温暖的安慰

噢　南山月
给我回家的感觉
噢　南山月
给你温暖的安慰

（以上8首词作于2001年6月）

24　拟　　物

想把你比作玫瑰
又觉得不够贴切
玫瑰有你的美丽
却没有你的韵味

想把你比作月亮
也觉得不够贴切

月亮有阴晴圆缺
你却是如此完美

且把你比作老鼠
却觉得十分恰当
你偷走我的宁静
你啃光我的夜晚

(2005年2月)

25 我愿我的短信

我愿我的短信
化作一缕阳光
在这料峭春寒
披在你的身上

我愿我的短信
是那美味鲜汤
当你夜班回来
端到你的唇边

我愿我的短信
是那馥郁热茶
让你细细品咂
消除你的困乏

你永远在我心中一个郁郁的角落

我愿我的短信
变成我的热唇
在你伤心时刻
吻掉你的泪痕

(2005年2月)

26 天 净 沙

又是夕阳西下
远山落满彩霞
漫步郊外小径
小桥流水人家

微风轻吻脸颊
田野摇着菜花
眼前风景如画
却见你在天涯

不是西风季节
不逢古道瘦马
不见枯藤老树
不闻刺耳昏鸦
却是谁在我心里
唱起了悲凉的天净沙

远山落满彩霞
田野摇着菜花
走在黄昏郊外
又见你在天涯
我的思念吹动你的秀发
你的眼泪在我的眼里挂

(2005年3月)

27 剪 趾 甲

此刻你在干吗
是否舒适地坐在沙发
并着两脚或者是轻翘二郎腿
悠然地呷着咖啡或茶
神韵高雅
姿态优雅
不管在哪个角度看
都是一幅迷人的画

此刻我在剪趾甲
屈起一只脚扳着脚丫
我忽然想象起你剪趾甲的样子
调整着姿势想尽量优雅
要么别扭

你永远在我心中一个郁郁的角落

要么造作
如果有条件的话
还是我给你剪吧

(2005年3月)

28　选择憔悴

把自己丢在一个人的街
让寂寞走进没有月的夜
此刻你是否已经入睡
可曾在梦中与我相对
总要去想一想哪一天
你会消逝在我的世界
我会请你带走你的一切
带不走你留给我的伤悲
这份伤悲是我的宝贝
你走过我的痕迹是这样美
有这份伤悲就有感觉
相思不会先于生命枯萎
如果只有麻木能止痛
我宁可选择憔悴

(2005年3月)

29 游 戏

人生本是一场游戏
成败得失不要太在意
好多事情可以随意
游戏规则总是要遵守的

游戏也该认真对待
玩起来才快乐有趣
如果不把游戏当一回事
你就会觉得无聊空虚

做人就该快快乐乐
快乐是游戏的意义
只要无损于他人和社会
就不必过分压抑自己

爱情是快乐上的快乐
爱情是游戏中的游戏

（2005 年 11 月）

你永远在我心中一个郁郁的角落

共同的秘密

今天你发来的信息
唤起我心中的暖意
你说有一份共同的秘密
你会我也会好好珍惜

记不清从什么时候起
你的名字是我的密语
你的偶像是谁我问自己
是我取回密码的问题

总会在某一天某一刻
我们的心会走在一起
哪怕天各一方永不再见
我们有着共同的秘密

你终生为我守口如瓶
我终生守口如瓶为你
用这份共同的秘密取暖
笑看春花秋月年华老去

(2005年11月)

第二部分　边走边唱

 超 越 轮 回

岁月长河奔流不息
我们的爱永不停止
善待我身边每一位好女子
她可能是你的前生后世
珍爱你脚下每一寸土地
它可能埋着我往世尸骨
天各一方互相吸引
是因为你中有我我中有你
超越轮回遥遥相爱
是因为你已是我我已是你

（2005 年 12 月）

 爱不能舍不能

没有人知道你为什么悄悄流泪
没有人知道我为什么独自憔悴
没有人知道你为什么一个人喝醉
没有人知道我为什么无法入睡

你永远在我心中一个郁郁的角落

爱情从来就没有什么对不对
既然是伤感却为何又这样优美
也曾想一心修佛向往极乐世界
却又愿陷入轮回苦苦把你追随

红尘劫轮回苦不堪回味
爱不能舍不能我佛慈悲
迷津寻渡求取灵犀一点
平淡是真同浴佛国光辉

(2005 年 12 月)

33 古道西风瘦马

我是古道西风中的瘦马
你是小桥流水畔的人家
隔着枯藤老树上的昏鸦
看我走向夕阳下的天涯

背后是你的目光缀着泪花
脚下是我的道路布满风沙
你在诗集的扉页
美丽依旧白璧无瑕
我在孤寂的旅程
满面沧桑两鬓霜发

第二部分　边走边唱

岁月的枯叶在我们身边纷纷落下
你忧郁的眼神在我心里千年不化
野火春风草生草灭
坐看朝霞晚霞
多少行云流水
写不尽你的绝代风华

（2006 年 1 月）

第三部分
打开尘封的日记

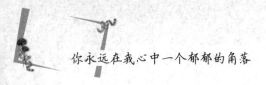
你永远在我心中一个郁郁的角落

前　　言

也许
这根本称不上是诗
它们充其量只能是
一缕旧梦
一滴泪痕
一句独白
一声喟叹
一笺心迹
一绺纯真
是年轻时的一片伤感
是夹在日记本中的一枚落叶

第三部分　打开尘封的日记

第一辑　打开尘封的日记

倾　　诉

我只是倾诉心中的感觉
你不必紧张
更无须拒绝

把答案交给岁月
珍藏一份默契
十八支蜡烛
我只想一个人吹灭

放一份平静的心情
走近成熟
年轻　不需要后悔

等到那时候
如果你没有改变
如果我没有忘却

你永远在我心中一个郁郁的角落

2　点燃流星

不敢重读你的来信
满笺十八岁的心情
用我年轻的手指
点燃一颗流星

夜是一片柔软的湖
这头有一本日记很孤独
那头有一个影子很凄清

现在　不是雨季
红豆成林
是遥远的风景

3　早　恋

季节的流转
出了一个小小的错
透明的眼睛
忽然多了一点什么

无瑕的雪地上

害羞的心事轻轻走过
早熟的果子呵
难免有一点苦涩

 欲 诉 还 休

举起手又放下几次
敲了门又后悔了
希望门没有开

等你等得急了
又希望你不来
希望你不来
却仍然傻傻地等待

从心灵到唇边
路程多么遥远而弯曲
一句话徘徊了好久
还是没有出来

 不要恨我好吗

你执着的凝眸
是我深深的感动

你永远在我心中一个郁郁的角落

好想让你快乐
却只能使你伤心

你娇嫩的翅膀
负不起太多沧桑
我斑驳的目光
不敢面对纯真

不要恨我好吗
纯净的雪地上
你的足印
是一道温馨的风景

 6 似 曾 相 识

是前生未了的尘缘
还是冥冥之中的安排

这一天格外平常
没有浪漫的小雨
没有绚丽的云彩

没有前奏
帷幕已经拉开

第三部分　打开尘封的日记

在心还没有做好准备的时候
爱情款款而来

又是夜思

有一种记忆很朦胧
有一种感觉我说不出口
一池灵魂的秋水
被昨日的风吹皱

回味你唇上的温柔
梦也颤抖　醒也颤抖
当泪水打湿了思念
月已憔悴　人已消瘦

你从来不说什么

你走了
什么也没说
把期待的窗口
留给我

虽然你的目光
温柔如水

但是你从来
不说什么

你不说什么
我也只好沉默
处子之心
裹着一层羞涩

你不曾有过承诺
我却忍受着难言的寂寞
不知是等候一份默契
还是守望一份失落

朋友 你好吗

朋友 你好吗
收到你遥远的问候
我才知道
这时候
正是春天

所有的花因阳光而开放
所有的鸟因爱情而歌唱
所有的日子因你而美丽
所有的泪水因你而忧伤

朋友　你好吗
只要你别来无恙
我也平安

10　回　忆

如果我的日记
只剩下日期
那么　删去你的足迹

如果我的诗歌
是一堆零乱的文字
那么　擦去你的影子

回忆　是春天的雾
来易来
去难去

11　问

都说人生是舞台
为什么
说错的话

你永远在我心中一个郁郁的角落

不能重新修改
错过的人
不能从头再来

都说 爱情是一出戏
为什么
一旦进入角色
总是走不出来

12 缘 分

你相信缘分吗
那是一环神秘的链
似有若无
我总是看不见

你的目光如烟
我总是迷惘
等我明白了
你已不在身边

你的足音美妙
如风铃悠扬
风再起时
空把秋水望穿

第三部分　打开尘封的日记

 ## 守望无奈

我不会向你走去
就像你不会向我走来
你是迢迢的风景
我是默默的期待

有一种相识是悲哀
有一种守望是无奈
有一种幸福是思念
有一种结局是空白

 ## 不知道

不知道
你是否还爱我
如果说不爱
为什么
艾怨溢出了你的眼眸
如果说爱
为什么
你会那么轻易地
与重逢擦肩而过

你永远在我心中一个郁郁的角落

15 深情已是曾经

多少往事变得模糊
多少深情已是曾经
我们都已走过了年轻

不经意间蓦然回首
那份最初的创痛
感觉如新

成熟的只是岁月
脆弱的依然是
一颗深爱过的心

表情浅浅
寂寞沉沉

16 记　　仇

往事是一片沼泽
我在里面越陷越深

回忆是一个陷阱
我在里面独自伤心

我总是痴痴地眷恋着
心中的最恨

我总是怀念
那个折磨我的人

17　不去求证

我的爱已十分强烈
你的情仍无法明确
我只能用这份朦胧的感觉
陶醉一个个白天
温暖一个个黑夜

不去求证
并非我喜欢苟且
只是我珍爱这唯一的安慰
因为我还没有勇气
走向毁灭

你永远在我心中一个郁郁的角落

只因有了爱情

云薄一些多好
怎么变得这样沉这样沉
只因听到了雷鸣

风轻一些多好
怎么变得这样猛这样猛
只因季节催得太紧

忧愁淡一些多好
怎么变得这样浓这样浓
只因有了爱情

何 日 重 逢

总有许多类似的背影
让我怦然心动

其实只有一张面孔
是我深深的感动

呵　我的恋人
你知否
我唯一的心痛

今夜　在这陌生的小城
我和你　能否
重逢如梦

20　距　　离

你来时
我知道
我们的距离太远了
我们隔着一个季节

你走后
我明白
我们的距离很近呢
我们只隔着一个梦境

你永远在我心中一个郁郁的角落

21 寄

寄给我一颗星星
我收到的是
一个璀璨的夜空

寄给你一份冰冷
你收到的是
一个长长的严冬

寄给我一点忧郁
我收到的是
一个茫茫的雨季

寄给你一段感情
你收到的是
我整整的一生

22 此 刻

甜蜜的东西
总是带上酸
比如爱情

没有在泪水中浸过
你怎能懂得刻骨铭心

幸福到了极致
总想哭泣
比如此刻
这个人在你面前
说他想陪你
走过这长长的一生

 当 你 不 来

我含泪的眼睛结满期待
渴望燃烧成天边的云彩
当你不来

我只能把心事诉诸吉他
忧伤让思念泣不成声
当你不来

当你不来
昔日的温馨是此刻的悲哀
心沉向苍茫的暮霭

当你不来

我不敢细细咀嚼现在
更不敢预支将来

24 离别总是走向无奈

离别的那天
我不敢去找你
我怕忍不住的泪水
流进了你的记忆

我无法带走
我在你心中的过去
你也无法带走
你在我心中的美丽

离别总是走向无奈
重逢总是遥遥无期
我知道真情无法躲避
我还是伤心地离你而去

25 忌 讳

我不忌讳下雨
虽然我是那么喜欢阳光

我不忌讳月残月缺
因为我也喜爱星星

我不忌讳死
虽然我是那么热爱生命
我不忌讳忧伤
因为忧伤也是一种心情

我不忌讳记忆
虽然记忆中有你的倩影
我深深的忌讳是两个字
别人无意间说出的你的姓名

26 背 影

秀发披肩
瀑布成一幅风景
距离着一种魅力
一道黏黏的蛛网
渴望的眼睛
挣扎 是一只蜻蜓

娉婷的背影
风韵着诱惑
如云的足印

是你无意的陷阱
在里面徒劳的
是我炽热的憧憬

我只能把诗还给无奈
我只能把梦交给朦胧

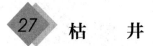

27 枯 井

不要怪我
永不晴朗的容颜
永不涟漪的目光
不要以为
我已心如枯井
遥望昨天
我将泣出
一脉清泉

28 判 断

未来是蒙上灰尘的玻璃
生命是一块抹布
过去总是很透明很清晰

遗憾是终生的惋惜
永恒是瞬间的美丽
想起的是不能说的
诗歌是固态的忧郁

 29　不要以为

不要以为
你走了我会寂寞
记忆如影随身
伴我走向从前
如果记忆已厌腻了我
忧伤是我新的情人
也许有一天忧伤也离我而去
从此我不再用眼泪解释人生

 30　青春的轨迹

在梦中
我谛听花开的声音
燕子飞来时
语言在感觉的枝头凋零
初衷走远了
我把往事葬成花冢

现在
我明白沉默是最丰富的表达

不 是 雨 季

不是雨季
你用心弹奏泪滴
我的脸上挂满雨珠

曲终人去
墙上的吉他
是一帧凄清的构思

期待摔落了
地上是一个迸裂的音符
不该结束的业已结束

总怕自己在午夜醒来

总怕自己在午夜醒来
一醒来就再也睡不着了
你总在这时候不期而至
占据我思想的每一寸空间

蹙一额古典的忧郁
你的神韵高贵依然
秀发飘扬着晚风的形状
你满脸的落寞
是我永远的惆怅

我曾经那么怯弱而无助
眼睁睁看着你
走进别人的故事
你回首时幽幽的一瞥
使我在回忆中不断受伤

33 我怎么会怨你呢

我怎么会怨你呢
我怎么会恨你呢
我也不曾后悔
真的
只要你把我忘却
我便了无牵挂了
因为我们都已经知道
不是所有的花开都会有结果
人生的一切都只是一个过程

你永远在我心中一个郁郁的角落

34 独坐黄昏

被你深深伤害
而你却不是故意
因为我找不到
那片纯净的芳草地

想恨你无法恨你
想忘记无法忘记
遗憾是圆满的答案
无奈是唯一的诠释
只好心酸地对自己说
对——不——起——

独坐黄昏
怀抱晚风
忧愁如晚风升起

35 别来无恙

相思树越来越远
脚步总是匆忙
时间的河流

横亘在我们中间

如果不再相见
总有一天会遗忘
既然热爱人生
实在不必感伤

可世界总是太小
相逢是那么突然
说一声别来无恙
泪已盈眶

 如果我不再爱你

其实　已经五年了
我怎么还会
在一个平平常常的夜晚
枕一个名字　失眠

也许　时间
像人们说的那样
是一剂良药

如果日记可以改写
如果记忆可以选择

如果我不再爱你

你是我的一种心情

不要难过好吗
如果你难过
我也会很伤心

就让我们珍藏这份美丽吧
不要问我为什么
其实我也说不清

不管是过去还是现在
或者将来的将来
你一直是我的一种心情

 回　　首

我知道人生无常
一切都可变幻
我从不让潇洒的肩膀
驮起沉重的诺言

与你分手在十字路口

第三部分　打开尘封的日记

脚下的路正长
我走了很久很久
不经意间蓦然回首
那份最初的美丽
一如从前

39　等　　待

如果我们太在乎那份感觉
如果我们不在乎岁月的苍白
也许前生我们缘分已定
也许冥冥之中已有安排

如果我们能够忍耐
如果我们能够等待
也许我正在向你走去
也许你正在向我走来

所有的寂寞都在酝酿幸福
如果有一天我能够拥你入怀

你永远在我心中一个郁郁的角落

40 我懂得了

现在　我懂得了
坚冰为什么会被穿透
在初春软软的阳光
从它上面走过之后
当我的眼睛
折射着你的温柔

现在　我明白了
在微风的抚摸中
大树为什么会
不住地颤抖
当你的纤纤素手
拂过我肌肤的时候

41 凝眸是你

那时候
深深的凝眸是你
目光如矢
把我
射进你的心

这时候
深深的凝眸
依然是你
目光是风
追着你
越走越远
越走越远的背影

42 痴 心 难 醒

最想忘却的
是最深的记忆
最想避开的
是最爱的人

初恋是泪
情深似冷
前尘如梦
痴心难醒

韶华催人老
伤痕日日新
伊人纵可避
背影已迷蒙

你永远在我心中一个郁郁的角落

43 梦醒时分

白天我默默寻求
夜晚我独自守候
萧索了多少岁月
辜负了几度春秋

梦醒时分
青春已远走
红尘依旧
白云悠悠

旧怨未休
又添新愁

44 不要对我期望太多

不要对我过分憧憬
我能给你的其实不多
情是那么深深一片
心是这样仅仅一颗

不要对我期望太多

我不知还能给你什么
除了爱你我几乎一无所有
你是唯一的诱惑

 不是你最好

你不是唯一的可爱
却总是让我难以忘怀
难以忘怀不是因为你是唯一
是因为我已付出了太多期待

你不是最好的女孩
却是我执着的期待
执着期待不是因为你最好
是因为我已付出了太多的爱

你不是我一生的钟爱
却是我一世的缅怀

 有一个名字

都说时间
是治疗心灵创伤的良药
可是受过伤的地方

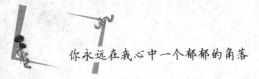

你永远在我心中一个郁郁的角落

总不如原来那样完好

最隐秘的伤痕
最容易被人触及
有一个名字
总会在不经意间
被人提起

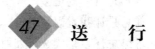

47　送　　行

你终于站起身来走了
什么也没说
我不知是挽留还是送行
用心或用眼睛

所有的感觉是一群麻雀
蜂拥而来又轰然而去
只剩下我扬起的手
挥落了点点雨滴

风说　你不会来了
雨说　你没有归期

第三部分　打开尘封的日记

最后一次送你

你决意离我而去
我还是要送送你
送你走了很远的路
走出了我的花季

送你一把雨伞　一件风衣
我再不能为你遮风挡雨
心存一份感激
感谢你给我这段记忆

陪你走一程

知道无法把你挽留
又不放心你一个人走
让我再陪你走一程
走向分手的时候

脚下的路还很长
我们都要好好去走
回首时深深的感动
依旧是最初的温柔

你永远在我心中一个郁郁的角落

最后的怀念

离开你的时候
我忘记把心带走
我是你最初的悸动
你是我浪漫的最后

也许我要用一生的怀念
换回你往日的点点温柔
我不知你有多少泪水
你不知我有多少忧愁

不 是 不 爱

那时候不敢承诺
是怕我命运的坎坷
误你青春

这时候不敢重逢
是怕我受伤的心
装不下太多的情

不是不爱
而是爱太深

第三部分　打开尘封的日记

52　缘

相聚是缘
分手是缘
本应与你共享的那份秘密
却被我独自收藏

多年以后不期而遇
相对默默无言
初衷依旧
青春不再
老去的只是岁月
改变的只是容颜

53　纯情

透明的心
也会藏着一点秘密
澄澈的眼睛
也会滋生一丝朦胧

有一些倾诉
不需要听众

你永远在我心中一个郁郁的角落

有一种感动
不需要表白

稚嫩的肩膀
扛不起什么承诺
告别花季
是轻轻松松的步履

不说曾经

一泓纯净的湖
飘进了一朵云
宁静的日子
有了一种心情

有一种感觉
总是说不明白
有一首歌
只能唱给自己听

不是所有的种子
都能萌芽
因此请你
不要对我说曾经

第三部分 打开尘封的日记

55 旗 帜

你的裙裾上绣上了我的唇印
便成了一面旗帜
指引着我的记忆

有人拾落英风干了入药
我捡起你来去的履痕
疗我相思

你的浅笑是那么空灵
我的眼泪是这样真实

今生今世我是注定痛苦的了
只因那份欲了未了的尘缘

56 你一定会来

你一定会来
即使雨季太长
我的心长满苍苔
哪怕我的一次错过
竟将整个人生失落

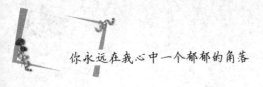

你永远在我心中一个郁郁的角落

我依然不会怀疑
有一朵花会为我而开

 冬夜的怀想

刻骨铭心的故事
往往是在爱情结束之后
才匆匆拉开序幕
月亮还像旧时那样
清澈如水
可它已经渗进了我
淡淡的表情后面
那深深的痛苦
我向每一个夜晚
喁喁倾诉你的名字

于是有了不睡觉的星星
无边的怀想
成了冬夜里唯一的温暖
风声如箫
情绪被风声写遍

第三部分　打开尘封的日记

58　似有若无的足音

我一遍遍在纸上写你的名字
你一次次在门口踩响我的幻觉
熠熠生辉的名字
烧成灰冲到水里喝下去
谁也不知道
似有若无的足音
掩住耳朵
又溜进梦里

59　邂　　逅

原以为都已凋落了
多年的苦苦期待和感伤
谁知你那粲然的微笑
又把所有的相思点燃

明知这仅仅是一种礼貌
我还是无力抗拒
心头的温柔万千

你那红色的风衣

已是远去的帆影
却怎么也驶不出
我梦的海洋

小　　巷

月光浸润的小巷
是澄澄澈澈的河
我是小船
在河里徜徉

你从小巷那头走来
你的目光淹没了我
我是一尾鱼
游进你的心

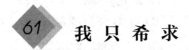
我 只 希 求

你双手掬一捧温柔
来洗我心中千般忧愁
只怨我面前的路太陡
感觉在指缝中全溜走

我不敢想永远拥有

我不奢望与你朝夕相守
我只希求
你能突然忆起我
当黄昏黯淡了所有的感伤
在你饱经沧桑之后

62 恋

树叶随着秋风飞舞
抛弃了痴情的树枝
树枝失去了叶的恋情
孤零零默立沉思
它一定是悲伤的
早晨脸上还有昨晚的泪珠
但它仍不失挺拔的雄姿
痛苦是因为爱得深刻
爱绝不靠屈膝求赐
仰首等待春的来临
心中正孕育着爱的复苏

63 难道说这就是爱

我总在你的面前徘徊
我多么渴望你的青睐

你永远在我心中一个郁郁的角落

幽幽的目光
淡淡的一瞥
都让我难以忘怀
难道说
这就是爱

我多么想让你发现
我痴情的目光
可是一碰上你的明眸
我便急忙用漠然的表情
掩饰自己的窘态
难道说
这就是爱

我总希望与你默默对视
无声倾诉自己的情怀
可这醉人的时刻刚刚来到
我却悄悄把眼睛移开
难道说
这就是爱

 感觉李商隐

昨夜星辰
又被昨夜的风吹落
唐时明月彻骨寒

无题中的女主角
已是年轻时的一片伤感
无眠的追忆
依旧是当初的惘然

多少香艳的故事
飘进了岁月
只恨东风无力
相见时难

就算是心有灵犀
身无双翼
回不到从前

萼绿华仙姿缥缈
杜兰香芳踪难觅
天上人间且随缘

只怕每一个有霜的夜晚
你的落寞
写不尽碧海青天

云鬓已改
烛泪未干
心有千千结
欲诉难言
且调一把锦瑟

疑真疑幻
已朦胧了一千一百五十年

（注：萼绿华、杜兰香都是李商隐诗中的仙女）

65 蝴　　蝶

姐姐在我头上
扎上一只红蝴蝶
那是一段漂亮的红绸

有一天它飞走了
在劲风疾过的时候
经过一阵恸哭
我有了成长的忧愁

这一次它又飞回来了
怯生生地窥视在窗口
莫非它也懂得害羞
儿时的小辫子剪成短发
它不好意思再飞上我的头

第三部分　打开尘封的日记

 可能一生默默无闻

我不是鲜花
我不会引人注目
我是小草
我是沙丘新生的树

我不是珍珠
我没有被埋没的痛苦
我是泥土
我是不断延伸的路

可能一生默默无闻
平凡自有平凡的价值
美丽的是攀登时的血迹
闪光的是奉献时的汗珠

（写此诗多年之后，才读到鲁藜的《泥土》。鲁藜是我国现代文学史上的一位重要诗人，代表作是《泥土》。其《泥土》作于1942年，全诗如下：老是把自己当作珍珠，就时时有被埋没的痛苦，把自己当作泥土吧，让众人把你踩成一条道路）

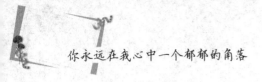

你永远在我心中一个郁郁的角落

67 生命本色

如果我是一棵小树
我会长得十分正直
即使狂风扭曲了形体
也无法改变我的风骨

如果我是一片绿叶
我会活出生命本色
即使面对秋的萧索
也要展示一份绚烂

68 走出雨季

也许是一时受了委屈
这时候你满怀愁绪
也许是一时受到挫折
这时候你垂头丧气

也许你正用忧伤写满日记
也许你正用烦恼折磨自己

也许你在角落里暗自饮泣
也许你从此自暴自弃

天空上不可能总是丽日和风
人生中怎能没有风风雨雨
须知道雨后的空气格外新鲜
要明白雨后的景色更加旖旎

在风停雨霁的时候
往往有彩虹腾空而起
当你战胜脆弱跨越忧伤
身后是一串缤纷的足迹

朋友　走过雨季
走过你自己

故乡的榕树

在故乡的土地上
有一棵榕树
老年人说
故乡是一条船
榕树是帆

你永远在我心中一个郁郁的角落

我那榕树
飘落过多少贫寒的日子
往事的年轮
在我心中刻着

每当我嚼起乡愁
总想起故乡那瘦瘦的山上
瘦瘦的梅子
酸得让记忆落泪
这时候我那榕叶
在我梦里飘着　飘着

离家的路上
有风雨有烈日
我疲惫的灵魂
在我那榕树下歇着

一只殷勤的青鸟
衔我那榕果飞来
在我生命的枝条上
有一棵榕苗葳蕤着

70 窗前的蜜蜂

既然我的翅膀还没有折断
我就要展翅飞翔
窗外的繁花在向我招手
我便要出去采撷春天

紧闭的玻璃窗禁锢了我弱小的身躯
关不住我对劳动和创造的向往
嗡嗡嗡绝不是绝望的悲啼
而是我对这透明的桎梏愤怒的呐喊

别笑我傻别笑我徒劳
一次次碰撞只让自己翅损身残
即使碰死在这玻璃窗下
我的尸体也是对命运控诉一篇

你永远在我心中一个郁郁的角落

71 我是撕破黑暗的火把

我是破土而出的一株幼芽
在石缝里挣扎着长大
风暴扭曲的只是我的外表
我的魂魄依然挺拔

也许我长不成参天大树
不能在屋脊上意气风发
我是多么渴望成为栋梁之材呵
却无法去擎起雄伟的大厦

也许我开不出迷人的鲜花
不能争妍斗艳于异草奇葩
我是多么执着地追求美呵
却无法为人们的生活增添光华

也许我结不出甜蜜的果实
没有丰富的营养枝头高挂
我是多么向往于贡献呵
却不能去解除人们的饥渴疲乏

第三部分　打开尘封的日记

然而　只要我长出枝丫
人们呵　请把我砍下
举起　我是走向自由的旗帜
点燃　我是撕破黑暗的火把

（此辑大多作于1994年以前）

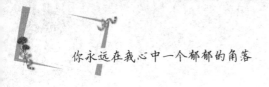

你永远在我心中一个郁郁的角落

第二辑　小品人生

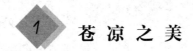

1　苍凉之美

那次回家乡，在村里到处走走，曲径通幽处，一堵和村史一样古老的残垣颓壁横在眼前，用手去摸，仿佛触到了岁月深处，不由泛起许多沧桑之慨。

凄冷的清泉映着同样凄冷的月光。在凄冷的二胡声中浮想翩翩，有一种深深的感动。

第一次读到"长烟落日孤城闭，羌管悠悠霜满地"，辨不清是悲怆还是悲壮，只觉得美，一种极致的美，不敢靠近的美。

"无言独上西楼，月如钩，寂寞梧桐深院锁清秋。"仿佛一个绝望的美人，冷艳逼人。

"马上琵琶关塞黑。易水萧萧西风冷，满座衣冠似雪。"激越中的苍凉，凄厉逼人。

"千里孤坟""明月夜，短松冈""冷冷清清，凄凄惨惨戚戚"。

"战地黄花，如血夕阳。"

"五年前的上海，一个有月亮的夜晚……老年人回忆中的三十年前的月亮是欢愉的，比眼前的月亮大、圆、白；然而，隔着三十年的辛苦路往回看，再好的月色也不免带点凄凉。"张爱玲以出奇的冷静和淡漠，不经意间营造了一份苍凉之美。

人生的凄苦与景物的苍凉一样,都可以诗化成美,让我们时时感动,深深感动。拥有一颗诗心,真好!

2 选 择

人生,其实是一个选择的过程。

选择的后面往往是遗憾,但我们必须选择。

两个人走进麦田。只给他们一次机会,让他们摘取最大的麦穗。其中一人不知不觉走到了尽头,两手空空,失去了选择的机会。另一人摘下了麦穗,但他很快就看到更大的麦穗,他选择了,也遗憾了。

有两只蜗牛,各选择一棵树爬上去。显然,爬得快的不一定爬得高。人们注重的往往是结果——谁爬得高,而不是过程——谁爬得快。两只蜗牛不可能知道哪棵树更高,但它们必须选择,它们选择的出发点,便是自己的位置,位置选择了它们,它们选择了道路。

我们常常说不清楚,是命运选择了我们,还是我们选择了命运。只能说,选择就是命运。

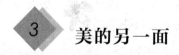

3 美的另一面

真、善、美是事物的三个方面,并非一个整体。美也可以是不真不善的,比如塑料花、罂粟花,森林里那些美丽的毒蘑菇，还有蒲松龄笔下的诡秘之美、狰狞之美。

外国有个画家以画艳尸名世。他在塑造美女之死时有一种虐杀的快感。人们并不因其邪异而抹杀其作品的艺术魅力，姑且称之为残忍之美。

邪恶也是一种心理需求，比如罪恶快感，也具有一种美。畸恋、婚外恋、所有反道德的情爱，其隐秘之美、乏善之美，对某些人来说，更具诱惑力。所谓"男人不坏，女人不爱"，这"坏"，也是美的另一面。

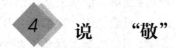

4 说 "敬"

《劝世贤文》有"敬人如敬己"之句，不少人只理解为"像尊敬自己一样尊敬别人"，我认为还有另外的意思，尊敬别人，自己也得到尊敬。

"敬人"不能曲意，也不能盲目。其实，只要你不狂妄自大，你会发现许多人都有某些方面值得你去尊敬。

"敬己"不比"敬人"容易，也不比让别人尊敬自己容易。真真正正觉得自己可敬，除了各方面的表现，还要有"慎独"的功夫，不欺暗室不欺心。

敬天地以重环保，敬父母以正人伦，敬宗教以存善念，敬社会以守法规，敬生命以惜万物，敬花木以悦性情，敬君子以弘正气，敬小人以化邪心。

5 哲学家的妻子

"如果你遇到一个温柔无比的妻子,你将是一个幸运儿;如果你遇到一个蛮横的妻子,你将成为一个哲学家。"人们把苏格拉底的这句话视为戏言,我却认为是至理。假如你在社会上受到伤害,妻子的温柔抚慰可以化解你的痛苦,使你重新振作起来走向社会。假如你受到妻子的伤害,你连可以倾诉的人都难以找到。任何人的伤害都比不上妻子的伤害更使人感到人生的孤独无助,感到人生的痛苦。而孤独和痛苦,正是对人生进行形而上思索的温床。

6 宽　　容

当你对某个人心存不满或与某个人有点龃龉时,冷静想来,有可能是你不够宽容。

在好多时候,宽容是不亚于正直、善良之类的美德。

善良的人不一定宽容,善良主要是同情弱者,悲天悯人。他对那些不需要同情、怜悯的人,有可能横挑鼻子竖挑眼,斤斤计较。

正直的人不一定宽容。正直主要是正义感强,是非分明,言行率直。他也有可能尖酸刻薄,苛求于人。

宽容的人如果缺乏正直之心,也容易变成糊里糊涂的老好人,善恶不分,是非莫辨。

水至清则无鱼，说的是宽容之道。动辄割席断交，我不敢苟同。

7　语言和目光

好多时候，语言是多余的。桃李不言，下自成蹊。

好多时候，语言是不可信的。甜言蜜语，山盟海誓，转眼间灰飞烟灭，反目成仇。

恋人间脉脉含情的凝眸，胜过千言万语。

埋头苦干的人，往往有专注、执着的目光。

有思想、有内涵的人，往往有睿智、深沉的目光。

高明的领导者往往不易为语言所左右，他懂得观察别人的眼睛，也相信自己的目光。

8　爱和喜欢

许多人用这个题目写过文章，但我仍然认为有写一写的必要。

喜欢是浅层次的好感，不具备强烈的排他性；爱则不然，爱一个人，便想独占这个人，其副产品便是嫉妒。

在男女之间，除了爱与喜欢之外，还有欣赏和崇拜。欣赏是对岸的风景，可以只观其一点，不涉其他。欣赏接近于喜欢。喜欢是近距离的欣赏，可以平视，也可以俯视。崇拜比欣赏更需要距离，对方不是在天上，便是在峰巅上，你只能仰视。

喜欢是清清浅浅的小溪,可以一眼见底。喜欢一个人也不着于让对方知道。也因其清浅,渗进一点异物,喜欢便不复存在了。

爱是大海,深不可测,包容一切。

喜欢一个人,会去计较对方的缺点;而爱一个人,却看不到对方的缺点。

喜欢、欣赏、崇拜,都可转化成爱,但爱一旦不存在了,就无法还原为喜欢、欣赏、崇拜。

喜欢的反义是讨厌。爱的反义不是恨,恨只是爱的延续,爱的反义是淡漠。

9 谦 逊

颗粒饱满的稻穗是低着头的,只有空瘪的稻穗才昂着头。

有分量的东西总是沉在深不可测的水底,只有轻飘飘的东西才浮在水面。

我实在找不到有什么品德能比谦逊更容易获得人家的好感和友谊。

谦逊必须有谦逊的本钱。谦逊的本钱与骄傲一样。没有一点本钱的"谦逊"其实不是谦逊,只能叫"自知之明",这类人比那些自傲得莫名其妙的人可爱得多。

谦逊的人虽然知道自己之所长,但更知道自己之所短。

有些人心里自傲得不行,却装得很谦逊。这些人比自傲得表里如一的人更讨厌。

就像自认为虚伪的人并不虚伪一样，自诩谦逊的人也不谦逊。

自傲的人其实是很吃亏的。他与谦逊的人取得同等成绩时，前者得到的往往是妒忌，后者得到的往往是尊重。

10 淡　　忘

如果你帮助过别人，你要淡忘。因为你帮助他时已获得了心理上的满足，你不必去记得对方欠你一份情。如果他值得你帮助，你帮助了他，这件事就已完成了；如果你后来才发现他不值得你去帮助，你对他的帮助已成为过去式，你又何必对此耿耿于怀呢！愤愤不已，只会破坏自己的心情。

如果昨天你取得了引以为豪的成绩，今天最好把它忘得干干净净。昨天的成绩只能证明昨天，不要让它成为包袱，成为骄傲的资本。在今天，还要以从零开始的心态去做你要做的事，不要生活在过去成绩的光环中，还要有意识地避开"马太效应"。撇开昨天的成绩，也许你会发现，其实今天的你并不比别人出色。这样会使你懂得谦逊，也会激发你努力去创造明天的辉煌。

与人有点龃龉时，淡忘会使你宽容。如果你有一段耻辱、失败的经历，你更应把它当成昨夜的噩梦，交还飞逝的时光。不要让昨天的经历影响着今天。

对一些鸡毛蒜皮的琐事，也不必过分铭记。淡忘，会使我们活得轻松、洒脱。

当然，有些东西是不能淡忘的，比如责任、承诺、经验教训、别人的恩惠等。

11 人不知而不愠

子曰:"人不知而不愠,不亦君子乎!"要别人知道自己,了解自己,其实很难。

了解别人,不外听其言,观其行,察其色,再加以揣测。谁能真真正正地了解另一个人?道貌岸然者不乏高尚之言行,倘若揭开其心里底蕴,也许便无高尚可言了。

"人不知而不愠",实是一种高境界。如果你对蝇营狗苟深恶痛绝,靠真才实干得到上司的器重,却被误解为你采取了卑鄙手段;如果你注重操守,却因偶然的巧合涉嫌不光彩的勾当;如果你才华横溢却时运不济,你的上司有目无珠,这时候你能不愠吗?

其实孔圣人也未必能做到"人不知而不愠",他会见一个行为不检的女人被弟子误解,不也猴急万分、指天发誓吗?

12 四舍五入

许多人明知"渴时一滴如甘露,醉后添杯不如无",却偏要锦上添花,不愿雪中送炭。

"四点四"与"四点五"相差甚微,却一被压抑为零,一被上升为十。

这不足取吗？非也！这是一个淘汰、砥砺的过程。倘若你在"四点四"之时便得到承认，也许你就故步自封了。在你被压抑为零时，你有可能心灰意冷被淘汰掉，更有可能通过不断积累获得突破。在弹性限度内，压得越紧，反弹越大。

13　距　　离

距离创造了美，不知多少人说过了。距离给人以安全感，则是比较新鲜的话题。其实，这是在拥挤的都市、逼仄的现代生活中产生的。马路上，车水马龙；单位里，脸对脸背对背；楼道中，无缘对面不相识；邻里间，"卡拉OK"相闻，老死不相往来。我们在摩肩接踵中各自筑起心灵的篱笆。

然而，如果你有过在人迹稀少的荒凉之地独自一人的经历，比如大漠、密林，比如在某个僻静的小山村中的一个寂寞的校园，你就会为一个同类的并肩而立、携手而行、促膝而坐或胝足而眠而欣喜，你会感受到来自同类的温暖，你会体味到距离给人的不安全感。

身体的距离，常常与心灵的距离成反比。

第三部分　打开尘封的日记

14　演好配角

在舞台上，唱主角的毕竟是少数，倘若大家都争当主角，那岂不乱了套！

在社会的大舞台上，也是这样。

演好配角，不是甘于平庸，而是一种本分，一种高尚的品质，一种无私的奉献。

演好配角，要耐得住寂寞，耐得住寂寞乃人生一大境界。

有个女孩去当伴娘，打扮得花枝招展，抢了新娘的光，得到的不是喝彩，而是嘘声。

配角和主角相映成趣。成功的主角和成功的配角便是各司其位，各尽其职，配合默契；不成功的主角会反过来陪衬成功的配角。

有两个文学爱好者来找我闲谈，其中一个不断地自我表现，尽情地卖弄自己的浅薄；另一个似乎没什么表现，只是偶尔插上几句。给我留下好印象的，却是后者。

有位朋友在某报社工作，被分配去接编一个当时很不受重视的版面，他也成了这个报社不起眼的小角色，常常被忽略。然而，经过一年多的苦心经营，他的版面脱颖而出，深受读者的喜爱，引起了领导的重视。再过半年，他的版面成了这份报纸征订广告的一块招牌。

15 放　　弃

　　放弃有放弃的理由，不放弃有不放弃的理由，就看如何客观地认识自己，准确地把握实际。

　　爱情是最不可强求的东西，强扭的瓜不甜。倘若某女对你的痴情嗤之以鼻，对你的追求烦不胜烦，你根本就不是她感兴趣的那类人，不管你如何"精诚所至"，也只能是一厢情愿。这时候，你还不肯放弃，还要把自己的尊严放在她的石榴裙下任其践踏吗？

　　某作家成名之前屡遭退稿，有可能是编辑的势利，而他确实具有潜质，他的作品确实能打动读者。这些，你有吗？如果你自恋倾向严重，自我陶醉，当局者迷，你不妨请几位朋友来当你的读者，分析你的潜质。写了十多年的稿，你的作品仍坚守在一般初中生的作文水平，不肯向前挪动一步，我劝你还是放弃吧。

　　放弃，无疑是十分痛苦的，它意味着对自己过去的努力和积累的否定，它意味着又要从零开始。但是，适时的放弃也是明智的，它给你重新选择的机会。

　　对于已经付出了巨大努力、还有一点希望的人，在放弃之前，我也要劝一声：朋友，再试一次！

第三部分　打开尘封的日记

16　幸　福

幸福与痛苦一样，只不过是一种感觉。

"幸福的家庭大多相似。"这句话可以说对，也可以说错。美满、温馨、和睦，也许是幸福家庭的共同特征，但其生活状况却各不相同。有些各方面都显得很优越的家庭，在外人看来是幸福的，但是否真的幸福，只有其成员才有发言权。清贫的家庭也可以是幸福的，但如果家庭经济极为困窘，连饱暖都难以维持，是幸福不起来的。即使纯粹精神上的因素，确有过幸福之感，也会是短暂的。幸福的火花，很快就会被生命的基本需求难以满足的痛苦所扑灭。

为了追求理想，追求真理，宁可放弃舒适的生活去历经磨难，甚至献出生命，这些人是幸福的。

对幸福期望值过高，有可能是一种不幸。

幸福可以很平淡：恋人温柔的凝视，朋友真诚的问候，风雨夜归时默默等候的一窗灯火，同事间彼此善待而掠过心头的暖意，疲倦时的一杯热茶……

拥有一颗平常心，真是幸福！

17 随　　和

　　人缘好的人不一定是正直、真诚的好人。好人不一定有好人缘。

　　人缘好的人有些是因为圆滑，八面玲珑，善于交际，懂得应酬，逢人说人话，遇鬼说鬼话，甚至耍手腕，玩花招，察颜观色，见风使舵，善于伪装。

　　人缘好的人有些是因为随和。随和不是随便。随便是纵容自己，随和是宽容别人。对自己缺乏约束，言谈举止粗枝大叶，自己想怎么做就怎么做，全不顾别人的感受，是很讨人厌烦的。随和是温和、婉和。温和使人感到亲切，乐意接近。婉和是说话委婉，讲究方法方式，批评他人或提不同意见时不粗暴生硬。

　　也许你认为正直的人应该棱角分明，真诚的人应该直言不讳。但是，如果你不想圆滑，又想拥有好人缘，你只能选择随和。

18 梦 非 梦

　　梦绕魂牵的恋人提出分手，沉重的绝望压迫着你的胸口。你希望这是一场梦。梦里恋人翻脸无情翩翩而去，醒来时却见她风情万种投怀送抱。多少回梦里凄风苦雨，醒来时却是丽日和风。

当巨大的幸福笼罩着你时,你昏昏然,以为自己是在梦中。环顾四周,明晃晃的阳光告诉你,正如痛苦不是梦一样,幸福也不是梦。

人生又是梦。一切香艳都会凋谢,一切繁华都会衰残,成败得失如过眼云烟。如果你懂得这一点,你就不会不择手段去争名夺利。

时间是一位公正的裁判。当你痛不欲生时,它告诉你,超脱一点吧,一切都会过去的;当你得意忘形时,它对你说,冷静一点吧,一切都会消逝的。

19 行 路 难

走对一百里并不重要,就怕踏错一步。

路程百里半九十,最后几步是关键。

人生之旅没有回头路可走。许多人在走近生命尽头时,回首平生,觉得走了不少弯路,便假设"如果重来一次",遗憾的是,假设只能是假设。

攀上巅峰的路,总是险道。

攀山路的人即使累倒在半山腰,也比走在坦途上的人站得高望得远。

有人一步不慎,失之千里。

有人太小心翼翼,走路如履薄冰,失去了许多生活的乐趣。

有人步履匆匆,直奔主题,忽略了许多值得欣赏的景色。

有人轻装上阵，步伐轻松、快捷；有人总背着沉重的包袱，不肯舍弃什么，因而举步维艰。

有人故步自封。有人徘徊不前。

只有闯过"山重水复疑无路"的困境，才能领略"柳暗花明又一村"的境界。

20 机　　遇

机遇是一个转折点，是一个契机。

机遇很重要，但不是最重要。不要夸大机遇的作用。机遇不等于成功。对机遇消极的等待无异于守株待兔。

当然，总有这样或那样的幸运儿，命运不可能绝对公平。有人仅仅拥有一次机遇便一路顺风抵达成功的彼岸，有人终其一生积极进取却事倍功半甚至劳而无功。

但更多的时候，机遇是在不断求索中一次不经意的发现，是丰富的积累之后偶然找到一个突破口，是埋头耕耘者得到一次意外的收获，是"众里寻他千百度"之后"蓦然回首"的惊喜。它看似突如其来，其实它一直潜伏在默默的追求之中。

顺境是机遇。逆境也是机遇。逆境是砥砺意志磨炼才干的机会。

对机遇的追求，是一种信念。对机遇的发现和把握，是一种本领。有人在机遇降临时视而不见，有人抓住了机遇却又让它像泥鳅一样溜走。机遇稍纵即逝。

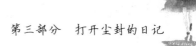

第三部分　打开尘封的日记

机遇是打开成功窗口的快捷方式,但绝不是唯一途径。

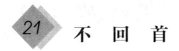

21　不　回　首

当你错过了这班地铁,不回首,便无所谓失落。不要嗟叹已经过去的遗憾,把目光投向未来,你的眼睛又写满了期待。只要希望还在,你就不会悲哀。

当你走出雨季,不回首,便无所谓沧桑。不要去管泥泞上的足印歪歪斜斜,滑倒的地方血迹斑斑,留给过去的只能是背影。

当你走过了歧路,不回首,便不会自怜自叹。当你踏上了大道,你已经跨越了自己。脚下的路还很长,摆脱昨天的阴影,把悔恨化为进取的力量。既然输掉了过去,便好好把握现在,去赢取一个未来。

当你走过了辉煌的时光,不回首,便不会患得患失。灿烂是你,平淡依然是你。真正的强者要耐得住寂寞,耐得住平凡。如果你紧紧盯住篮中之果,你便会耽误下一段收获的时光。把过去的成绩当作包袱,你就会举步维艰。海燕留恋飞过的小岛,便不可能飞越大海。在平淡中重新起步,轻装上阵,以怡然宁静的心境去拥抱向你走来的日子。

22 成　　熟

步入青年的行列，我们都希望自己告别幼稚，走向成熟。

成熟既是岁月的馈赠，也是一种修养。它往往在你经意与不经意之间悄然而至。自以为成熟的人并不成熟。

成熟的人不仅懂得该干什么，而且懂得不该干什么。成熟的人懂得舍弃的艺术。人生不能只有拥有而没有舍弃。成熟的人不会因一时之得失或喜或忧，因而拥有一个怡然宁静的心境。

成熟的人不仅懂得该说什么，而且懂得不该说什么。成熟的人懂得沉默的艺术。沉默不是冷漠，而是恬静；不是故作高深，而是谦逊、倾听。

成熟并非与单纯无缘。成熟的单纯不是简单、幼稚，是白云更白，清泉更清。如果没有单纯，成熟就会沦为：或老于世故，或麻木不仁，或心理衰老，或精神颓丧，或看破红尘……

朋友，不要辜负岁月，让我们在应该成熟的季节拥有成熟的风韵。

成熟的魅力无穷。

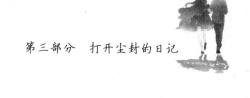

23　年　轻

年轻是清清澈澈的小溪,是纤丽淡雅的野菊,是早晨一缕清纯的阳光,是初春一株鹅黄的新芽。

年轻有时并不美丽。

年轻往往伴随着幼稚:把执拗当成执着,把自负当成自信,把简单当成单纯,把武断当成果断,把颓废当成时髦,把幻想当成理想,把漂浮当成飘逸,把缺点当成个性,把浪费当成大方。

年轻常常成为借口:冲动是因为血气方刚,失败是因为缺乏经验,忧郁是因为情感丰富,脆弱是因为未经磨难,肤浅是因为胸无城府,轻薄是因为浪漫多情,好高骛远是因为追求卓越。

年轻往往意味着偏激:把成熟视作圆滑世故,把谦和视作平庸俗气;受到一点伤害便怨天尤人,看到一点丑恶便愤世嫉俗。

年轻更是一种财富。

年轻是蓬勃的朝气,是灵敏的反应,是潇洒的风韵,是豁达的胸怀,是乐观的态度,是勤奋的精神,是不懈的追求……年轻是一种心态。

年轻是诗,不是梦。年轻是疑问,不是错误。年轻是经历,不是结果。年轻是播种,不是收获。年轻是温柔,不是冷漠。

24 沧 桑

沧桑不是额际的皱纹，不是脸上的风霜。沧桑是心灵的厚茧，是情感的疤痕。

沧桑不是麻木不仁的表情，不是淡漠无神的目光。沧桑是一种厚实的积聚，是一种深刻的底蕴，是不可估量的内涵。

沧桑不是沉重的步履，而是深深的屐痕。

沧桑不是贴在额上的标签。沧桑是内心的张力，宠辱不惊，喜怒不形于色，胜不骄，败不馁。

沧桑是阅历，是丰富的生活体验，是透彻的人生感悟。

沧桑是世事洞明，是人情练达。拥有一份沧桑，便拥有平淡和洒脱，拥有持重和从容。

沧桑是磨难，更是历练。

自以为沧桑尽历的人，不配谈沧桑。真正饱经沧桑的人，不谈沧桑。

乐观与沧桑并存便不失之天真，豪放与沧桑并存便不失之鲁莽，自信与沧桑并存便不失之自负，卓越与沧桑并存便不失之狂妄，随和与沧桑并存便不失之平庸，痛苦与沧桑并存便不失之沮丧。

25 瞬　　间

有人在瞬间成名，也许使人觉得名如浮云。

有人在瞬间死去，也许使人觉得生如尘土。

宗教的顿悟、艺术的灵感，是一瞬间。

瞬间的顿悟，离不开长期的禅思。

瞬间的灵感，离不开长期的积累。

静止的繁星景观，我们司空见惯，哪里比得上流星瞬间的辉煌？

花期长的花卉，即使再鲜艳夺目，也会让我们熟视无睹，而昙花一现却惹得人们一睹为快，叹为奇观。

一念之差也是瞬间的事。瞬间的失足铸成了千古遗恨。

有些人因抵不住瞬间的诱惑而陷入罪恶的深渊。

瞬间的转念，使一些人崇高，使一些人堕落。

人，常常处在这样一种两难境界：苦恼的时候，我们觉得时间冗长度日如年，欢乐的时光总是转瞬即逝。

我们想享受欢乐的人生，又希望生命绵长。

在茫茫的时空中，一百岁也不过一瞬。

瞬间使我们懂得珍惜，使我们想方设法提高这一瞬间的意义。

如果生命没有止境，那么人的价值便无限稀释，不断趋近于零。

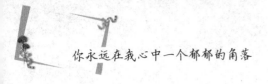

人不能轻视瞬间,往往在某一瞬间就决定一生的轨迹。

人生是由一个个瞬间构成,瞬间是你一生的缩影。

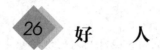

好人不一定伟大,但一定崇高。

好人不会一边责怪世风日下,人心不古,一边不择手段巧取豪夺。

好人不会以好人自居,不会动辄拿自己的闪光点去比别人的阴暗面。

好人的"人"字两笔,一笔叫善良,一笔叫正直,缺一不可。缺少正直的善良常失之于弱,在强暴面前噤若寒蝉。缺少善良的正直往往失之于暴,在悲剧面前无动于衷。

"老好人"不是好人,真正的好人不喜欢"和稀泥"。人情练达而不圆滑,世事洞明而不世故。

没有朋友的人不是好人,没有敌人的人也不一定是好人。

安守本分的人仅是常人,未必是好人,如果在坏人为非作歹的时候明哲保身,在别人需要帮助的时候袖手旁观,难道是好人吗?

好人应该嫉恶如仇,应该古道热肠。

第三部分　打开尘封的日记

27　位　　置

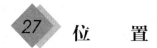

位置就是命运。人一生下来，就已放在不同的位置上。

位置是起点，也是终点。我们跋涉千里，追求一生，其实不过是在寻找自己的位置。

水往低处流，人往高处走，说的也是位置。

从低处走向高处，要耐得住跌打滚爬，要有毅力。还要坚信这一点：那些站得比你高的人，其实就是在你目前这个位置上登上去的。

位置的上升，有人是攀，有人是爬。表面看来，攀和爬没什么不同。仔细一想，才知道攀的是人，爬的是狗。

一个人不可能总是向上发展，也不可能总停在一个位置上。你要能从低处走向高处，也要能不失体面地从高处退下来，这需要豁达和洒脱。你不能恋着你的位置不愿走，不能等到后来者把你挤下来，挤到尴尬的位置上。

28　缺　　点

太阳的辉煌，使人无视它的黑子；月亮的皎洁，使人忽略它的荒凉。

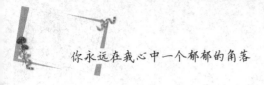

我们膜拜名人，往往只知其功绩；我们崇拜明星，常常只见其绚烂。

整体的完好能够掩盖局部的缺点。

发现别人的缺点容易，发现自己的缺点很难。

指责别人的缺点容易，赞美别人的优点很难。

有些人优点掩盖了缺点，有些人缺点掩盖了优点。人们对成功者多溢美之词，对失败者总是挑剔。其实成功者并非无一不好，失败者并非一无是处。

缺点是相对而言的。这个人身上的缺点，在另一个人身上可能是优点。你所说的优点，在别人看来也许是缺点。

我们要听取别人的批评，改正自身的缺点。但如果对别人的批评不加选择全部接受，那又是一个缺点。比如，一个僵化保守的人批评你不安分，也许是因为你有朝气有活力。

好多时候，个性连接着缺点。个性强的人，缺点也明显。似乎没有任何缺点的人，往往有这样一个缺点：缺乏个性。

29　享受平静

有人像一台高速运转的机器，每日里风风火火，忙忙碌碌，你也许会羡慕他的生命充满活力。可他却说，他活得好累好累。

也有人无所事事，却没有悠然自得之态，神情沮丧，百无聊赖，慨叹年华虚度，生活平淡乏味。

这些人都无法享受平静之趣。

平静是淡淡的花香，是静静的月色，是薄薄的细雨，是云淡风轻。平静的日子不是一潭死水，是"为有源头活水来"的波澜不惊而澄澈甘纯的一潭幽泉。

平静的日子源于平静的心。有的人过着平静的生活，可内心却阴风冷雨；有的人的生活波澜起伏，可他却心如止水，守住那一份平静。平静是一种洒脱。

或黄昏，或清晨，端一张椅坐在户外，怡然地呷一壶清茶，随意地翻一本杂志，或看白云片片，或听鸟语啁啾，谁说平静不也充满情趣呢？

平静的日子是学习和思考的好时光。对于忙碌的人，平静是一种休整；对于空闲的人，平静是一种积累。

完整的人生应该有松有紧，时动时静。

平静是一种享受。

30　随意和刻意

随意是透明的小溪，迈着轻盈的步履，唱着欢快的歌，自由地游荡。刻意是忠于职守的堤岸。如果没有堤岸，小溪

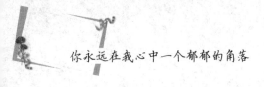

就会流于肤浅，流于放荡。

随意是有圆有缺的月亮，它昭示着人类的悲欢离合、成败盛衰。刻意是圆满的太阳，它启示我们不要抱残守缺，要矢志追求完美。

刻意坚信"精诚所至，金石为开"，随意懂得凡事不能强求。

当你尽了最大的努力仍收获失败时，你要随意。

当欢乐的篝火熄灭，当节日的烟花凋零，当空虚袭上心头……你要有刻意追求的东西，让心有所依。

没有一定的刻意，随意不可能真正拥有欢乐。没有一定的随意，刻意永远是沉重的包袱。

31 无须炫耀

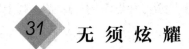

沉默是最丰富的表达。最高的技巧是没有技巧。最出色的表现是没有表现。

默默无闻不失为一种潇洒，不怕被人遗忘往往是一种豁达。

你无须哗众取宠，无须靠别人的眼光来证明自己的存在，用不着疲于表演。引人注目虽然是一种光彩，充当观众却是一种福分。

第三部分　打开尘封的日记

在人生的舞台上，你不必争当主角。充当配角，只要自然、真实地表现自己，往往比虚浮的主角更能给人以好感。

炫耀是过分自我的表现。

无须炫耀，炫耀往往只能暴露自己的轻浮浅薄。

毫无保留地炫耀，即使才华横溢、成绩卓著也只能有暂时的辉煌，而没有长久的魅力，也没有回味无穷的韵味。

我们宁可做一个一次只能打一桶水的小井，不做把所有的水都敞露在人们面前的池塘。人们不能量出井的内涵，却能测出池塘的容量。

不但把肚里的料都抖给人看，而且把七分说成八分，那不是炫耀，而是吹牛。牛皮迟早是会爆裂的。

热衷于炫耀，一点点成绩就拿给人看，也是颇费时间和精力的。把时间和精力用于炫耀，难成大器。

拿微不足道的东西去卖弄，得到的不是尊重，而是轻视。

32　忍　　耐

忍耐是一种力量，是一种期待，是一种积累，是一种砥砺。

有志气的人是忍耐的主人，而不是忍耐的奴隶。不懂得

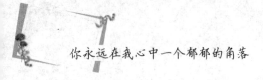

忍耐的人是浅薄的。

你要在忍耐中优化自己的性格,增长自己的才干。但就像压缩弹簧超过弹性限度就失去了反弹力一样,忍耐也有一个度。

倘若忍耐成了习惯,忍耐便会泯灭一个人的斗志,磨掉一个人的个性。

33 蝉

起初是一只,试探似的,长长地尖叫一声,便戛然而止,仿佛是一把尖刀把静谧的晌午划破了一道窄窄的口子。

接着,它们的叫声便像从那道口子挤出来,尖厉、刺耳。

最后,嘈杂一片,分不出究竟有几只在叫。东西南北,漫天盖地都是它们的声音。仿佛这世界是它们的了。

它们好像是太阳的啦啦队,为毒毒的骄阳呐喊助威。太阳似乎受到鼓舞,把白晃晃的光芒乱射。天气显得愈加闷热难耐了。

我讨厌这声音,便寻找一些理由为它们开脱,以减少心底的烦躁。

它们也许太快乐了,它们压抑得太久了。它们是在歌唱。

它们也许太愤怒了,它们压抑得太久了。它们是在吼叫。

它们也许太痛苦了,它们压抑得太久了。它们是在倾诉。

它们是在寻求理解。

它们是在表白爱情。

然而,我终究讨厌它们,因为它们的浅薄。

真正深刻的快乐、深刻的痛苦和愤怒,都是无法说出的。

深沉的心不苛求理解。

真挚的爱不需要山盟海誓。

它们叫着:"知了——"

它们知道什么呢?

也许因为它们一无所知,它们才会这么叫,无知才会狂妄。

后来,一位老人告诉我,它们是一群聋子。

它们听不到自己的声音,自然也不知道它们的声音是如何刺耳,如何令人生厌。

它们使我明白:惹人讨厌,是因为缺乏自知。

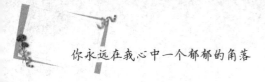

你永远在我心中一个郁郁的角落

34 石 狮 子

垃圾堆上，蹲着一只石狮子。

或者说，在一只石狮子身边，人们倒着垃圾。

还可以说，这只石狮子，像垃圾一样被废弃了。

不管怎样说，这只石狮子依然被叫作石狮子。

不管怎样说，这只石狮子已经落拓了。

我喜欢端详着这只石狮子，寻觅着它以前雄踞于名门望族的门首之上那耀武扬威的痕迹。有时寻着了，有时觅不到。

寻着了与觅不到，取决于我当时的心境。石狮子依然是石狮子。石狮子没有变。

有时觉得石狮子威风不减，仍然睥睨着熙熙攘攘的滚滚红尘和忙忙碌碌的芸芸众生。蹲在垃圾之上与踞于豪宅门首有何不同呢，在藐视一切的眼睛中？

有时觉得石狮子的威风是不真实的。石狮子不过是一块石头，徒有狮子之形，没有狮子之威。现在是这样，以前也不外如此。几百年的光阴似乎并不能带走它什么，改变它什么。几百年不过一瞬间。对于一块石头而言，对于漫无边际的时空而言，几百年与一瞬间实在没有什么不同。

第三部分　打开尘封的日记

人们以前在石狮子身上看到威风,那威风是人们自己的心生出来的,自己的眼睛长出来的,与石狮子无关。

石狮子永远是石狮子。以前是这样,现在也是这样。沧桑与它无关。变幻的是落在它身上的目光。

有时还能在石狮子身上觅到一种振奋精神的东西,那大概可以用"不为环境所屈服"之类的语汇来命名。其实,说穿了,那不过是我心理上或潜意识中的需要。石狮子身上并没有这些东西,是我把这些东西投射到它身上去,再由它反射回来。

不管我怎样看待它,石狮子沉默不语。不管我怎样说它,石狮子沉默不语。现在我拿起笔来写它,沉默不语的依然是石狮子。

35　读书四喻

总有这样的时刻,或是怡淡的黄昏,或是静谧的子夜,或是亮丽的清晨,你的心境恬静如水,你遐想翩翩不着边际,又似乎什么都没想,却总要寻思些什么才好,渴望倾诉,又觉得一个人独坐最好。这时候你觉得诗意隽永。随便拿起一本诗集,默读也罢,朗诵也罢,纤丽婉约如山间明月也好,直抒胸臆似长风出谷也好,你仿佛面对着韵味无穷的情人，或轻雾般朦胧，或微风般清爽，或小溪般透明，或露珠般玲珑，风情万种，使你心醉神迷。

慵困疏淡的时候，你最好走进散文。散文是你的老友。她在你身边娓娓而谈，语言平淡、质朴，不刻意粉饰，原汁原味，一派天然。由于是老友，所以放得开，不造作，不拘谨，人不走样，话不走音，自自然然。因为随和，免不了偶尔俏皮幽默一番，但更多的是返璞归真。尤其是读一些名家明白如话的散文，需要用丰富的阅历去铺垫。真正的技巧是没有技巧，有了丰富的人生体验和深邃的思想，还需要卖弄什么技巧呢？读他们的散文，确似老友谈心，是一颗心去读另一颗心。

小说是一位饱经沧桑的长者，能为你讲述人间的离合悲欢。烦躁的时候，你最好读小说，全身心地投入，感同身受地经历一番酸甜苦辣的人生。读完一部小说，你似乎明白了一些道理，但一时又说不清是什么道理，你还缺乏把感性认识抽象出来并加以提炼、升华的能力。

在你陷入困惑的时候，哲学便是你的老师，这位老师睿智练达，学识渊博。往时，一看到这些沉闷枯燥、晦涩难懂的长篇大论，你就厌烦。现在你遇到了疑难，你得耐着性子细细地读，读着读着，那闪烁着智慧光芒的文字，把你深深地吸引住了。读完之后，掩卷思之，你觉得自己好像成熟了许多，深刻了许多。

36 自　信

极少有人对自己各方面都感到自信。你或许在某方面很自卑,这就要扬长避短了。这方面自卑,在另一方面补回来。不要沉溺于自卑的泥潭中不能自拔,不要让自卑成为思维定势。要寻找自己闪光的地方来树立自信,并在自信的方面谋求发展,用自信的光芒去赶跑自卑的阴影。换个角度来说,自卑也可造就人才。

自信是一种内在的力量,是一种精神财富。拥有自信,比拥有一身名牌包装更加让人气宇轩昂。真正的自信,不需要靠金钱和地位来支撑。

自信绝不是盛气凌人。真正的自信是不卑不亢,是一种淡定自若的神态。

自信的人不怕被遗忘,不奢求理解,不靠别人来证明自己。不会喋喋不休地表白什么,不炫耀,不卖弄,甚至不怕误解。自信的人最耐得住寂寞。

真正自信的人还具有"慎独"的涵养,能做到"不欺暗室"。他的自信源于对自己的充分肯定。

取得一点成绩就得意忘形,受到一点挫折就会垂头丧气。在成功面前自骄,最容易在失败之后自卑;在一些人面前自骄,往往会在另一些人面前自卑。这些人都与自信绝缘。

把自信依附在名利、地位等身外之物上,这是虚假的自信。倘若这些东西失去了,自信便荡然无存。

真正的自信应该是一种实实在在的自我认识。

37 顺其自然

小时候,下雨天闷在家里久了,总想跑出去玩。大人们总是不解:在家里干干爽爽地坐着不好吗?到外面淋个半湿,身上黏糊糊的,有什么好?他们不明白,好动是小孩的天性。

长大了,成熟了,世故了,我们不知不觉陷入某种习惯中,却以为这就是自然。我们习惯了闷坐,冒雨往外跑倒好像有失自然了。

自然应是天性、感性、本能之类的东西,可我们不得不为理性所制约,久之便成习惯,习惯便成自然。我们便成了习惯的奴隶,还以为自己在顺其自然呢。

记不清在哪本书上看到"万事随心,祛病强身"。"随心"便是顺其自然吧。可我们有时有两个自相矛盾的"心",让我们搞不清楚顺其自然是服从哪个"心"。

我们有事业心,干事业是顺其自然,但我们有时要偷懒，偷懒也是顺其自然。解决这个矛盾便是适度强制自己克服懒惰。

性在生命本能中有兴奋也有抑制，还受体能制约。性欲狂破坏了这种自然，时时处于亢奋状态。这时，顺其自然不是纵欲，而是约束，令其恢复原本的自然。

我们原本的自然中并没有烟瘾、酒瘾或毒瘾，因之，顺其自然也不是任其满足，而是节制和戒除。

38 习 惯

我们看到的只是事物的倒像，却总以反为正；倘若看到的不是颠倒的，倒会推断出事物是颠倒的。

我们看到的仅仅是事物的影子，但我们常常固执地认为，我们已了解了事物的真相。

习惯欺骗了我们，我们迁就着习惯。

谣言和谎言，重复十遍、百遍便成真理，这也有赖于习惯的力量。说谎者和造谣者也逃脱不了习惯的制约，总在自己的假设中寻找真实。

假作真时真也假，真为假时假也真。这都是因为习惯。

我们的性格，其实也是一种习惯，是某种先天的气质，偶然落进后天的某种生存模式中，受到反复强制，逐渐形成的一种习惯。

习惯可理解为学习来的惯性，有动感，但是"动"倘若呈现匀速状态，便显静态了。于是"习惯"这个词，便带有几分"呆滞""保守"之意，走到"活力""创新"的反面了。

（此辑大多作于1992年以前）

第三辑　短笛轻吹

1　飘　　扬

一切景物在我眼里渐渐远去，只剩卜这个扬谷的姑娘。她衣裙飘扬，秀发飘扬。

她站在风口上，站在临风的谷垡上，金黄色的颗粒滚落在她的脚下，轻吻着她的脚踝。

她站在金黄色的黄昏中。她站在沉甸甸的黄昏中。

风好大，正好扬谷。稻渣瘪粒被风吹去。姑娘的脚下，丰硕的颗粒潮水似的往上涨，像座小山。

在金黄的小山上，穿白裙子的姑娘光彩照人，像一位散花的仙女。她把谷箕高高举起，挺直身子。风从她一侧吹去，把她的剪影，勾勒成迷人的曲线。

秋收后的黄昏，弥漫着稻谷的芬芳。

天地苍茫，有位姑娘站在昼夜的分界线上，站成我眼里唯一的风景。

稻谷在飘扬，黄昏在飘扬。

彩霞满天。

2 寻找家园

把日子装进鞋底，寻找坟墓或者家园。

蛰居的日子依然流浪，我发现我宁静的乡村正举着炊烟进行艰苦的跋涉。

我很富有，因为我灵魂在握。

放浪形骸，无法放浪头脑；禁锢形体，无法禁锢灵魂。

流浪的途中，我发现所有的草木都在风中报告季候的变化。只有石头，一如既往地开放着沉思的花朵。

流浪的途中可以没有诗，但不能没有酒；可以不让诅咒，但不能不让哭泣；可以不让哭泣，但不能不让流泪；可以不让泪水挂在脸上，如成熟的果实挂在枝头，但不能不让泪水流进心里，如营养蓄进地下的块根。

3 雨 景

一柄黑色的伞，飘在如梦似幻的雨丝中，飘在乡间的小路上。

这是一把男人的伞。它不像你的伞那样轻巧、纤小。它宽大如男人的肩膀、男人的胸怀。你不习惯，但喜欢。

你的心，雨丝一样柔润。

细雨中的景物，水彩画似的，朦胧，且静谧，如你心境的平和。

这静,是躁动后的静。

这凉,是狂热之后的凉。

路边的花呀,草呀,甜滋滋地吮着雨水,轻捷而自由地舒展。

多写意呀,这雨。

也许从这一刻起,你开始喜欢安静。你恬静地享受着这静谧如画的景致。

4 山水之间

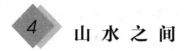

山在淡泊与宁静中蕴含着深深期冀。水在自然与随意中隐藏着默默追求。

山是男人,因其伟岸见其风骨。水是女人,因其柔顺见其魅力。

山是沉默的哲者,肃穆而显得神情庄重,冷静而显得思想深邃。水是纯真的诗人,透明而显得意境空灵,蜿蜒而显得韵味隽永。

山孕育着水,水滋润着山。水因山而长流,山因水而常青。

水瘦,山则穷;水秀,山则明。在山,水则清,出山,水则浊。

山的稳重潜移着水,使水不流于放荡。水的洒脱默化着山,使山不过于沉重。

信念如山般执着,性情似水般活泼。志趣高洁如山,神思渺远如水。

山说:人生有许多责任,做人不能贪图享乐。

水说：人生几何？逝者如斯，做人不要太累太累。

我说：人生真味，在乎山水之间。

5 邂逅一种心情

没有预感，就邂逅了我的思念。

平常的日子，邂逅了一种不平常的心情。

相逢的季节，山上的杨梅将熟未熟，几许甜蜜，几许酸涩。

迷惘的眼睛摄下了朦胧的岁月，漂泊的风雨洗不去青春的底片，我的初衷之上种满了泥泞的诗行。

也曾并肩步月，你馨香的脚踝不染夜色，你走路的姿势好美，你的秀发流泻成河，一次次将我浸溺。

多少次我独披月华，漫步在伤感的荒野。

再次面对你，恍若隔世；锁不住的往昔，漫上心头。心弦上，许多模糊的惆怅被弹成颤音和滑音。

亚热带的太阳如一支金喇叭，高奏嘹亮。小镇的圩日，人影缤纷，商品琳琅；远山青黛。你是我眸中唯一的风景。

一袭红裙依旧，使我的情感再次燃烧。

我不知道我陷进了怎样的一种表情，也不晓得你跌落了哪一种思想，我只能伸出我热烈的目光，去撷取你含在唇间的那一朵美丽的沉默。

让我们各自虔诚地守望着这份美丽的遗憾。也许有一天，我们都会接受这个道理,每一种选择的后面都是一种遗憾。人生是由一次次的选择和一个个的遗憾构成的。没有结局也是一种结局,初月如舟残月如钩都是一种景致,并不圆满的人生何尝不是另一种完美?

人世间聚散匆匆。相见无言,别也无言。

我只能用深深的祝福涂抹你的背影。而你的回眸,省略了多少内容……

6 沉默的你

你是初春早晨一片带露的嫩叶,把我带进新鲜而奇妙的感觉。

你说,也许我们相互寻觅了许久许久。

你是怎样推毁我矜持的防线,走进一颗少女心的呢?

沉默,是你没有表现的表现。

你的沉默,是画面的留白,是乐谱中的休止符,是诗词的余韵。

舞蹈以优美的造型凝固,任凭音乐款款流过,你的沉默。

当任何语言都无法表达你丰富而细腻的内涵时,你沉默。

"此时无声胜有声"的前面,是怎样绝妙的铺垫?

沉默使你少一点虚伪,多一份真诚;少一点浮躁,多一份淡薄。

你说,寂寞是一片沃土,它属于沉默的人。在这片沃土

你永远在我心中一个郁郁的角落

上你只问耕耘,于是你收获了一个实实在在的自我。

你历经磨难,你从不诉说。

当你静静地看着我时,令人战栗的温柔顷刻间充溢我的全身。

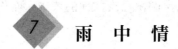

7 雨 中 情

在雨中,在织虹的雨中,在有韵的雨中,一朵彩色的云,从戴望舒的雨巷中,姗姗而来。一方圆圆的晴空,从你的手移到我的手,我们同行。

雨淋湿了我,淋湿了你,没有淋湿的,是我们羞涩的距离。

在世俗的凄风苦雨中,我们同行。

我们的身上溅满污泥,我们的眼睛清澈如水。

我们的衣服已经湿透,我们的梦境一片晴朗。

雨下着,在我们的感觉之外,肆意下着。

路边,不知名的小花,在雨中轻轻美丽着。

等你,在雨中。你不再来。

雨季依旧,温馨的往事是雨中落英。

我的初衷之上,布满了泥泞。

有一场雨,在我心里,一直下着。

我撑开思念的伞,踽踽独行。

8 小雨中

你不该用一把花伞，缩短我们之间的距离。

与你共处于一片彩色的晴空，我采撷了一朵艳丽的微笑，痴迷地酝酿着情绪，只想为那个永远古老、永远年轻的主题，增添一首属于自己的诗，却不知这首诗，如何结尾。

你把一颗红豆，撒进梦的土壤。

同样是撑着雨伞的你，同样是淋着小雨的我。你不再理我。

你似乎没有看见我，自如地甩着一头瀑布般的秀发；有什么东西甩过来，击痛了我的自尊。

我的目光越来越模糊了，是什么遮住了你的背影？

雨淋湿了我，也漂白了那个缤纷的梦。

你离我而去的足印是省略号，我凄然拾起一串，这是诗的结尾。

9 昨夜微霜

昨夜微霜，该加衣了，玫……

呵，玫，这个迷人的字，像夏夜的繁星，在我无声的呼喊中，一次次闪现。

你永远在我心中一个郁郁的角落

我从来没在人前提起你这个魅力四射的芳名,我怕控制不住的表情,泄露羞涩的秘密。

你是我年轻时遇到的第一个烦恼。我那非对你说不可的话,像流萤在黑暗中闪烁泯灭。你忧郁而高贵的神韵,使我顶礼膜拜,欲罢不能。

你说,我属于优秀而一事无成的男人。你女巫般的谶言,使我的心顷刻间注满温柔的仇恨。你的叹息串起一串寂寥的蹄声。从此我和我的情感开始流浪。

思念熟透了,便化为泪水。凄清的感觉如寒夜月光浸漫的河流。

即使这是一份无望的爱,也足以使我执着终生。即便穷困,也不潦倒;即便平凡,也不平庸;即便一事无成,我依然优秀。只为无愧于曾经的美丽。

昨夜微霜,该加衣了。玫!

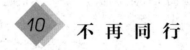

10 不再同行

从一开始,我就知道。

我们的距离不是天河迢迢,牛郎织女可在两岸遥遥相望,一年一度的鹊桥足以浓缩三百六十五个日日夜夜的思念。

我们隔着一个季节。你应该知道,虽然我从没对你说过。

我不能偕你同行。我不能让你的纯真和娇艳在瑟瑟秋风中凋谢,我不能让一个男人的累累创伤、斑斑血迹玷污你的玉洁冰清。

请让我轻轻走开,就像你轻轻到来。你什么也没有失去,我什么也不曾留下。

不要让你的惆怅涂满我伶仃的背影。

不要让你的泪水打湿那漂泊的风帆。

11 到远山去

到远山去。在你忧郁、烦闷的时候,去与自然神交,去寻找一份久违的静谧。

这里草木茂盛,这里有纯净的小溪,这里有没被污染过的空气。这里没有现代文明的刀痕斧迹。这里有一个真实的自己。

在你疲倦的时候,到远山去,离开纷扰,离开喧闹,离开矫情和一切时髦的掩饰,到没有被人类撕扯得支离破碎的那份至纯至实和至拙至朴、原原本本和粗粗砺砺的自然中去。

你可以扬起眼睛撷取几缕阳光。你可以把那一线瀑布听成 C 调和弦。

你可以哭,或者笑。山野上没有一个人,这很好,你能轻易走近它们和自己的灵魂。

水声很凉，鸟语很幽。思绪是一道平静的河，流动着最初的悟性。

你不再一味感到人生的孤独。你不再试图走进那所谓境界的境界。你不再一边以为自己在默默地承受什么痛苦，一边又为这份孤独和忍受感动得热泪盈眶。

你一个人坐在草地上，或者无所顾忌地躺在山坡上。草地，山林，白云，蓝天……你让自己的目光像微风一样，在这些实实在在的景物上拂来拂去。你不想把感受付诸语言。好多东西一旦付诸语言，便有失自然。你似乎在想什么，又似乎什么也没想。心灵深处那一帧画卷，顺其自然地、坦坦荡荡地舒展开来，任凭岁月的车轮驰过。而那些沟沟坎坎，是那么微不足道。没有一沟能使你不能自拔，没有一坎能使你望而却步。

与自然神交，你没有给予什么，也不强求什么，但是，踏上归程，你忽然感到一身的充实和满怀的豁达。

12　我相信　我不相信

（一）

我相信，平淡的日子也会滋生温馨的故事。

我相信，寒冷的季节也会绽开迷人的童话。

我相信，黎明前是最黑暗的时光；山后，总有一轮旭日。

我相信，为了验证生的须臾，才有了死的永恒；死亡是另一种形式的存在。我珍惜生而不害怕死。

痛苦和欢乐是一对孪生姐妹，我相信。它们互相制约，互相转化。我选择欢乐而不拒绝痛苦。欢乐时我告诫自己：乐极生悲。痛苦时我安慰自己：苦尽甘来。

我渴望成功而敢于面对失败。正如我相信，幸福存在于奋斗的过程，我也相信，成功的价值不只在成功本身。

我相信每个老人都是一位哲者，每个孩子都是一位诗人，于是我尊老爱幼。老人们使我懂得沧桑，孩子们使我保持天真。

我相信，每个人都是一本书，我对每个走向我的陌生人都抱着热情。

我相信，忧伤是爱的影子。我曾痛饮爱的甜蜜，也曾默默咀嚼忧伤。只要源于真诚，忧伤竟也无比绮丽。

我相信，我的相信没有把我欺骗，我所相信的都是正确的谶言。

相信是我的衣衫。没有相信，我不敢立身于世。

相信是我的财富。除了相信，我几乎一无所有。

（二）

我不相信，把笑容投进你的眼睛，只是为了把手伸进你的腰包。

我不相信，萧索的脸的后面，一定是一颗寒冷的心；时

髦的掩饰下面，就一定没有真诚。

我不相信，初衷走远了，你不能在别人的故事中读到你的爱情。

我不相信，洁白的蔷薇随风飘逝了，你只能徘徊在往事中，闻不到茉莉芳馨的呼喊。

噩梦离去后，又会来一个噩梦；早晨会像误点的列车，姗姗来迟。我不相信。

生活的颜色，如这黄昏的风，喁喁倾诉的，是一张冷色调的画笺。我不相信。

我不相信，失落了月亮，又会错过星星。

我不相信，无眠的灯下，总纷扬着苦涩的心事。

我不相信，秋天里凋零的会是蓬勃的信念，冬天里枯萎的会是绿色的向往。

我不相信，人生会如想象般错综复杂，日子会如感觉般简单平凡。

困惑后面又连着困惑，等待的永远属于等待。我不相信。

祝贺的话语含有妒恨，哭丧的泪水没有悲哀。我不相信。

我不相信，有人格的人会出卖人格，出卖人格的人会有人格可卖。

迷惘的时候，我不相信，我会找不到自己。下雨的季节，我不相信，雨水会淋湿我青春的梦幻。

我不相信，对忧伤感到厌腻就是心灵的麻木，用笑声烹调人生不是另一种深沉。

我不相信,灵魂的阵痛不会分娩出一个崭新的自己,心灵的创口永远无法愈合。

我不相信,我不相信,我所不相信的,会在无数的事实那里,得到反复的证明。

13　走向远方

流浪的生活是安宁的另一种方式。

也曾在你无边的寂寞里,我沉溺了自己。

用泪眼读诗、用泪水写诗的年龄早已过去。其实眼泪是不必要的。

我注定要终生辗转,以换取心的宁静。既然精神不曾有片刻安闲,又何必担心几程风雨。

道路纷纷逼向脚步。除了与自己同行,我已经别无选择,别无选择了。

我既不想倾诉也不想沉思,只想走过自己,走向那片命定的辉煌,或者死亡。

美丽的诱惑在我寒冷的注视下纷纷凋零。

人的一生只有一次,世上的路却有千条万条。

路不止一次使我困惑,使我疲惫不堪。但我总用我的目光点燃远方,点燃远方。

走过了好多好多或坎坷或平坦或宽广或狭小或笔直或弯

曲的路，无法涉过的是记忆的河流。

你的哀伤曾润湿了我的生命，铸成了我性格中最温柔的部分。

重逢是梦，离别已成了人生的主题。

繁茂的野花悄悄地唱着你带露的名字。

但是，我已经懒得忧伤了。

背后是你的目光，脚下是我的道路。你在诗集的扉页，我在孤寂的旅程。

我选择水路，是因为我不留下脚印。我选择山路，是因为我不随波逐流。

我的沉默丰富了山，我的深邃神秘了水。

岁月会被我的大笑摇落多少沧桑。

地平线总在我前面逗引着我。

孤独足以使我显得高尚。

把脚下的路写成狂草，浑厚而且深远。

带血的屐履，是冷峻硬僻的仄韵，人生如诗。

途中的风霜雨雪，细细写在我的脸上或者眼睛里。

执意流浪的心情，流不走我最初的执着。

背囊轻轻，寂寞沉沉。

走向远方，走向远方。远方的山水至今没有传说。

14 情归何处

（一）

夜色袭上心头，晕月如猫爬进窗来。你的影子是一条水蛇，潜浮于我意识的时空之中。

幻觉是你的脚步，是风中落叶，在我门口越积越厚，越积越厚。

我本是一条从没聆听过足音的路，却被你匆匆读过。你的足印已长满苔痕。

刻薄的白炽灯把我的孤独映得格外雪亮。长久的等待使我变得格外烦躁而又温柔。星月无语，我听到冰凉的寂静。

我不敢滥用寂寞的名义，我不忍总用孤独折磨这个世界。怀想，是一缕风，使所有郁闷的日子簌簌响动。

（二）

当初，只求你用轻盈的步态，伴我去解开远方的迷惘；只求你用温柔的手指，指引我无所适从的灵魂。人生漫长，人生路上不能没有知音；人生苦短，青春岁月怎能没有情海波澜？

你悄悄地来了，轻轻叩响我的一窗灯火，敲碎了我的沉寂。我只是静静地看着你，看着你眼睛里的灵魂，灵魂里有风掠过。

沉默,是因为渴望得太久。

你的出现是阴暗的角落里绽出的一抹鹅黄,是惊雷于无声处留下的轨迹……

你走时,我不知是挽留还是送行,用心还是用眼睛。皎洁无瑕的雪地上,有了蹄痕和血印。

(三)

刻骨铭心的情节,往往是在爱情结束之后,才匆匆拉开序幕。

于是有了不睡觉的星星。我向每一个夜晚喁喁倾诉你的浅颦轻笑和一袭飘飘长裙,诉说你的目光是幽谷里滚滚而来的七色光环,点燃我的青春岁月。

你的眼睛像远方幽蓝的大海,把我探险的激情无声吞没。今生今世,我不再有第二次沉沦。

从此,任凭一池秋水,在无边的寂寞里独自寂寞地燃烧。

(四)

仿佛是悠远的钟声,心底的喟叹如一根黑丝,总被不经意的风撩起。

匆匆滑落的往事串起了多少泪珠。我只能用最平淡最平淡的心情,去诠释二十多年的辛酸。

月色还像旧时那样清澈如水,可它已经洞彻了我漠然的表情后面那深深的痛苦。

风声如箫。

（五）

他日相逢尘扑面。也许横亘于我们之间的沉默，不再是同一方向的河流。但愿你的眼泪晶莹如初，晶莹如初。

我的感觉没有空白了，有如涂满色料的画布，杂乱而不明意蕴。记忆，是一只不安分的老鼠，把我的一个个夜晚啃得光光溜溜，光光溜溜。

15　你永远在我心中一个郁郁的角落

当我对自己漂泊的生涯和都市边缘人的角色流露出厌倦，对乡村湛蓝的天空下、葱郁的群山环抱中的校园的那份宁静表示怀恋和向往时，你说："你不是不喜欢教师吗？"说这话时你头一低，秀发如瀑垂在胸前，一道美丽的发线划痛了我的眼睛。我当过教师，你的这句话可以听成"你不是不喜欢当教师吗"或"你不是不喜欢教书吗"的口误，但你说话的表情和声调，都提示着这句话的另一层意思。你忽然抬起头来，你的眼睛蓄满了雨意，我的心一下子潮了。我怎么会不喜欢教师呢？乡村女教师——永远是我心中一道最美的风景线。

最痛苦的事不是爱上一个人遭到拒绝，而是爱上一个人

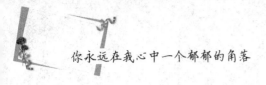

却不能说。在家乡许多人的心目中,我的名字一直是浪子的别称。我的心中有斑斑血迹,怎能玷污你的冰清玉洁;铺在你脚下的应该是鲜花和阳光,而我的眼前总是荆棘与泥泞;我怎能让一个男人的坎坷和无奈,沧桑你如花的容颜。

在家乡时,我一次又一次地徘徊在你的必经之路,只为与你迎面而过时,撷取你唇边那一朵羞涩的微笑。你恰到好处的羞涩是一抹酡红,弥漫着令人迷醉的娇憨。

家乡的山太高,张不开我梦想的翅膀。我是游子,不是归人。当我再次离乡的那天,只见你独自凭栏。有一场急雨,淋湿了我的背影。

我曾试图在灯红酒绿、醉生梦死中把自己和真情放逐,把你和伤感遗忘。我很想变坏却坏不起来,我很想沉沦却沉不下去,在光怪陆离的霓虹灯海中守望古老而圣洁的月亮。忘记你是我一次又一次失败的尝试。

我也曾把寂寞留在报林书海中,在文字和纸张构建的桃花源中不知有汉无论魏晋。可是当我在字纸堆上回过神来,我不得不面对自己难以解脱的压抑与不堪对镜的憔悴。

我依然传统而本分,生活依然严肃而刻板,日子依旧艰辛而美丽,只在无眠的灯下,飘雨的窗前,黄昏的阳台,想你。这是我最后的浪漫。

有一缕记忆很朦胧,有一缕感觉我说不出口,一池灵魂的秋水,被昨日的风吹皱……

那次回乡,放学后的校园静谧如画。只见你一个人坐在学校后面的山坡上,夕阳的余晖在你披肩的秀发上流淌,彩

第三部分　打开尘封的日记

霞在你的身后燃烧。你满脸的落寞，是我永远的惆怅。

我打湿过你的日记，也许已是发黄的曾经；你出现在我的笔端，却是难遣的缠绵。

紫色的秋风渐紧。一场秋雨一场凉。你已把粉红和素雅的夏日风情收进衣柜了吧。多少次，在千里之外，我一个人在繁华的边缘，在一个叫金鸥园的地方，望着铅灰色的黄昏，沿着乡愁的方向，想象着你一袭秋装的模样，直到深蓝的夜色，把我淹没。

转眼又中秋，月亮依旧是当年的笑靥，耳边依稀传来的依旧是你娓娓动听的话语，你讲述着一个山村小女孩中秋夜的种种游戏。在满月的清辉中，你沉浸在童年缤纷往事的那副神情，有一种令人怜爱的稚朴。今夜，我在都市寂寂的一隅，默默地想你。你永远在我心中一个郁郁的角落。

纵然心有灵犀，身无双翼，回不到从前。我只能在频频回首中，与岁月一起消瘦。

（此辑大多作于 1992 年以前）

附

录

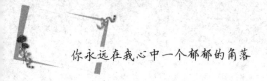

附录一　昔年旧体诗词习作

 调寄《声声慢》

云烟过目
秀色缤纷
休言花羞月妒
安奈前尘隐约
一见如故
殷勤就算青鸟
叹蓬莱
山高水阻
怎偿他
隔世情
只道相思最苦

书生风骨一副
徒碌碌
匡时请缨何处
贾谊屈于长沙
非无圣主
女皇尚怜逆士
百里奚

羊皮升值
惜乎哉
有几个辨得金十

 调寄《沁园春》

桃苞欲语
秋水脉脉
兰息幽幽
更饱经沧桑
无限韵味
善解人意
不胜温柔
红颜命乖
高才运舛
一见相怜可忘忧
却添恨
恨逢君已晚
此恨难休

书生素淡无求
禁不住经纶满腹啾
叹污印浊鉴
何怜高洁
素餐尸位
谁识风流

但惜瘦肩
君凭巧手
冗夏忙冬春复秋
还堪慰
约一生知己
玉面含羞

赠 陈 生

李宅骚名已不朽
义山太白各千秋
欲哂陈邑少才俊
却逢诗贾逞风流

（以上3首作于1998年）

2000年春

俱道沪郊春景浓
浦东走马类转蓬
才俊如蜂李将艳
客商似蝶桃正红
低潮高潮皆自得
下海上海且从容

附 录

宝剑蒙尘多磨砺
莫邪出鞘气如虹

（诗中"桃""李""高潮""上海"皆双关。"桃"指当年中国富豪榜上的新高潮集团陶老板）

  2000年夏

瑰璧待琢是顽石
黄沙未尽不见金
大俗大雅高境界
亦正亦邪真性情
应喜荧荧腹有墨
堪哂碌碌眼无睛
占来圣贤皆寂寞
何必降格沽虚名

  2000年冬

人不知我应超然
知而妒之亦平常
天道酬勤若非谬
自有慧眼识英贤

你永远在我心中一个郁郁的角落

附录二　传统节日诗

2010年10月,见某网站有企业征咏传统节日之诗,一时兴起,信手写下几首。只视之为应征之作而已,未录进"李乙隆文存""李乙隆博客"等。几年后偶然见之,觉得虽非佳构,尚可留存,敝帚自珍是也!

清　明

清明细雨思亲泪
缤纷纸钱扫墓花
入土先人佑后裔
化泥旧蕊育新葩

端　午

两岸声喧呼加油
一江水荡赛龙舟
更有诗会飞逸兴
屈子遗风何处求

七　夕

毛衣织罢绣梅花
乞巧七夕思无涯
银河万里情无阻
雪压寒疆身挺拔

（姑娘在七夕乞巧节中为守卫寒冷边疆的心上人织毛衣、绣梅花，寄托思念。梅花，表示高洁、不怕寒冷。诗从天上情写到人间情）

中 秋

中秋佳节传千古
不变在月变在人
我今识得古时月
古月何曾照我身

（人和万物，总是轮回、变化着。但天地间，总有不变的、永恒的东西存在，诗中用"月"来象征，其实"月"也不是永恒的。李白有诗云："今人不见古时月，今月曾经照古人。"我反诘道："我今识得古时月，古月何曾照我身？"我在诗中试藏禅意）

重 阳

落叶纷飞满地秋
登高望远语还休
万里河山收眼底
古人来者天地悠

（诗中化用辛弃疾"而今识得愁滋味，欲说还休，欲说还休，却道天凉好个秋"，以及陈子昂"前不见古人，后不见来者。念天地之悠悠，独怆然而涕下"）

你永远在我心中一个郁郁的角落

附录三　牙痛的情诗

（一）

牙痛是很痛苦的事情
家乡有句俗语
牙痛才知牙痛人
如果你的牙还没痛过
你的人生体验会缺少很深刻的一种
跟你说也没用

以前最多是一个牙孤军作战
这次是强强联手
就像时代华纳与美国在线合作
一个痛得很有广度
一个讲究深度
一扯一扯地痛

我痛得发冷发热
痛得坐立不宁
痛得废寝忘食
（只是不敢忘了工作）
两天下来
人更精致了

很怕三级风把我吹走
在醉酒的感觉中走路
痛觉神经却清醒得很

有个诗人说
牙痛就像失恋
我说见鬼去吧你
坐着说话不腰疼
如果可以替换
我选择失恋

诗一走出门我就后悔了
我想起某个具体的人
比如梦
于是我冲出门去
因痛而颤抖着声音
不就是牙痛吗
有什么大不了的

于是我在心中(张口更痛)
模仿一位歌手的沙哑
这点痛算什么
擦干泪不要怕
至少我还有梦

(二)

梦是一位网友
梦还有一个网名

你永远在我心中一个郁郁的角落

一样的缥缈
一样的遥远

梦的笑容其实离我很近
梦的影子也十分真实
就像我肩膀上的阳光

梦的声音和容颜
比梦的生日还要年轻
梦从不讳言自己的年龄
就像我从不讳言自己的薪水

梦在线上的人气很旺
梦在网外的人缘很好
工作上的应酬也广
不少网友走进了梦的社交圈
梦说我是最重要的一个
梦不会对另一个人说这句话
我的直觉使我深信不疑

疲于奔命的日子使梦厌烦
梦说自己总戴着面具
阳光灿烂地出没于各种场合
在真实中梦活得很虚伪
在虚拟中梦活得很真诚
我说人生就是这样辩证
敢于说自己虚伪就是真诚
就像说自己谦虚的人并不谦虚

附 录

我们在键盘上谈得很开心
双拼使梦得心应手
我则在五笔中快速行走

在料峭春寒中用思念取暖
在牙痛中用梦止痛
我忽然想起另一个著名的比喻
我担心我是不是得了另一种病
一经发现
就已经是晚期

（2000年4月）